酷悟星系列之

红石星战记

钟拓奇　三生石◎著

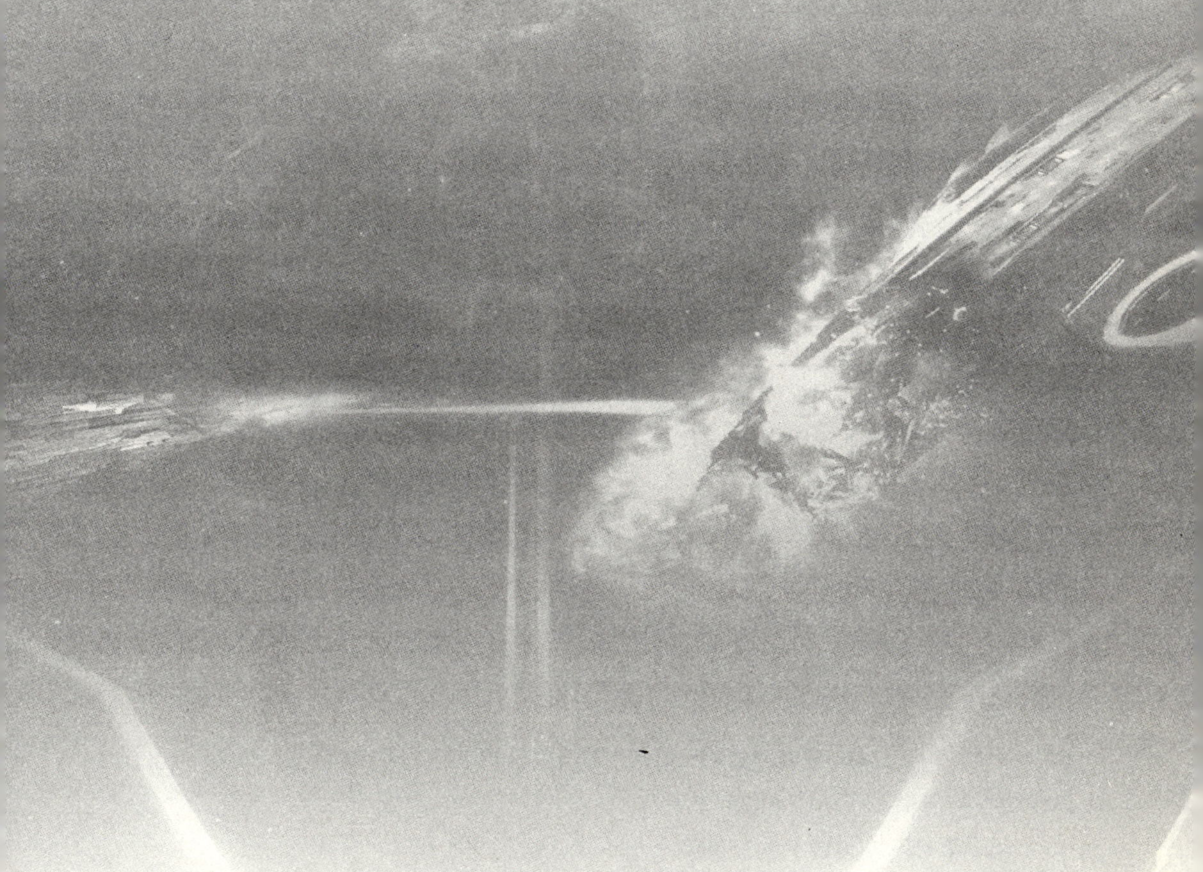

金城出版社
GOLD WALL PRESS

图书在版编目(CIP)数据

红石星战记 / 钟拓奇，三生石著. — 北京 : 金城出版社，2012.8
ISBN 978-7-5155-0571-8

Ⅰ. ①红… Ⅱ. ①钟… ②三… Ⅲ. ①科学幻想小说－中国－当代 Ⅳ. ①I247.5

中国版本图书馆 CIP 数据核字(2012)第 197604 号

红石星战记

作　　者　钟拓奇　三生石
责任编辑　雷燕青
文字编辑　薛　莹
排版设计　高　阳
开　　本　710 毫米×1000 毫米　1/16
印　　张　14
字　　数　180千字
版　　次　2012 年 11 月第 1 版　2012 年 11 月第 1 次印刷
印　　刷　北京雁林吉兆印刷有限公司
书　　号　ISBN 978-7-5155-0571-8
定　　价　28.00元

出版发行　**金城出版社**　北京市朝阳区和平街 11 区 37 号楼　邮编　100013
发 行 部　(010)84254364
编 辑 部　(010)84250838
总 编 室　(010)64228516
网　　址　http://www.jccb.com.cn
电子信箱　jinchengchuban@163.com
法律顾问　陈鹰律师事务所　(010)64970501

序

第一恒星在半空中，散发出淡淡的、暖暖的金光，金光下是一片郁郁葱葱的森林。森林的后面不远处有连绵的山丘，像野兽的脊背，蜿蜒起伏而又充满力量。森林边缘坐落着一个小村庄，周围环绕着片片碧绿的稻秧水田，几个穿着粗布衣衫的农夫正坐在田边悠闲地聊天。他们喜欢聊一些轶闻传说，一些发生在其他星球的故事，甚至是星际关系。

一个老农夫边抽着旱烟边聊着，其他人围坐在他的周围，听他讲着星空的传说。正当说者尽兴，听者畅快之时，头顶上突然传来一连串雷霆般的巨响。众人抬头望去，一个巨大的火球带着尖锐的破空声划过天空，撞向远处的山林。随着巨大的撞击声，大地颤抖起来，激起的尘土遮天蔽日。远远看去，一朵灰色的蘑菇云从山林中缓缓升起。

“啊，陨石！”见多识广的老农夫一下就喊了起来，“我们快去看看！”

两个胆大的农夫拔腿就往蘑菇云那边跑去，其他农夫也赶紧跟了上去。等他们气喘吁吁跑到跟前，却被眼前的情景彻底地震撼住了：在他们面前，一个之前从未见过的怪东西深深地插进了地里，留在外面的部分有四米多高，看上去像是某种容器的残骸，表面上遍布着漆黑的花纹，同时还反射着金属的光泽，侧面还有一根修长而怪异的立柱。这个东西的顶端还燃着微弱的火苗，空气中弥漫着难闻的烧焦的气味。

“这是什么怪东西？这不是陨石啊！”

他们紧张地盯着这个天上的不明来客，生怕危险突然降临到自己身上。

过了大概有一分钟，老农夫小心翼翼地走上前去，用手中的烟杆敲了敲那怪东西。随着他的敲击声，里边发出“咣咣”的回声。觉得没什么危险，老农夫就又往前迈了一小步，在那怪东西狭窄的凹槽内，他看到了让他大惊失色的一幕。

凹槽内蜷缩着一个人，身上穿着厚而发亮的黑色盔甲，甚至连双手都包裹在盔甲中，唯独头部露在外面。他的头发是金黄色的，皮肤泛白满脸鲜血。“多半是活不成了。”老农夫想着，又用烟杆在盔甲上捅了捅，见对方没有反应，他更加确定了自己的判断。

其他几个农夫也围了上来，他们从来没见过长相和打扮如此奇怪的人类，开始议论起来。

不过老农夫却一点兴致也没有，他抬头看着山丘对着的天空，那里到底发生了什么？老农心里有一个不好的预感：有什么大事发生了？

心念至此，老农夫沿着山丘的缓坡往顶部爬去。其他人不知道发生了什么事情，也跟在他后面。老农夫爬到山顶，极目远眺，只见天边已被染得如血般鲜红，无数“流星”正向同一个方向坠去……在那里，正发生着这些善良而朴实的人们永远也无法想象的事情。

目录

CONTENTS

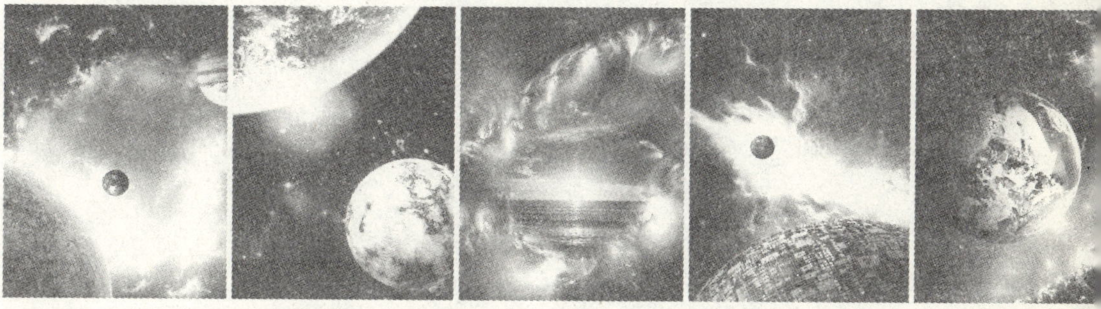

第一章

“郝副将，敌人的骑兵攻势太猛！我们快顶不住了！”一名士兵向郝非凡禀报。

“顶不住也得顶，不管付出多大代价都要守住。”郝非凡斩钉截铁地说道。

孔武有力的郝非凡今年二十五岁，是古星的一名中级将领。他一身铠甲，胸前和肩膀上遍布方形甲片，阳光照在他的身上熠熠生辉，本来他还戴着一顶精钢头盔，可不知道什么时候被打飞了。此刻他正站在城头上，一双虎目盯着远处的战场，眉宇间隐隐透着焦急。

几天前，伊鲁米纳特星的星舰对古星发动了突袭。虽然古星防空部队拼死抵抗，阻止伊星人直接降落在主要城市，但还是有一些防护薄弱的地点失守。不过这对古星而言也是幸运的，敌军着陆点大多处于闭塞之地，易守难攻，只要守住这些关隘，就能有效地阻止敌军进攻，争取到时间集结部队进行反攻。

在这个NC银河系中心的一个庞大星系——酷悟星系里，伊鲁米纳特星球的人们经过数千星年的发展，他们的能力超越了几乎所有其他星球上的人。他们的军力异常强大，既拿手近战又擅长远攻，且名将辈出，想在他们的攻击之下守住关隘并非易事。很快他们便来到了郝非凡把守的城池之外。

此城是一座具有重要战略意义的堡垒，是保护古星腹地的最后一道防线。如果这座城池丢失，伊鲁米纳特人便可从此杀进古星腹地。虽然郝非凡占据地利，但是伊鲁米纳特军队凶猛有节奏的攻击让他倍感压力。

郝非凡凝视着远处的混战，左手紧紧地握住腰间的五雷机，眼神中充满了坚决。

战场上，两军正在激战，这是两支战斗风格完全不同的军队。

守城的古星人除了主要武器刀剑之外，还有各式各样的火枪，发射出的子弹威力超强，传说中名匠做出的火枪具有开山裂石的力量。而且根据个人能力不同，所使用的火枪也有多种不同的型号，比如郝非凡的五眼神铳，一次可以发射五枚威猛的钢珠，破坏力极强，不过这要求持有者拥有极强的腕力，否则它的后坐力绝对会震折手腕。一般士兵使用的都是三眼神铳，只有身体素质特别优秀的人才配备五眼神铳。

古星军人的另外一个特点是他们的身体非常灵活，这得益于他们从小的修炼。在战场上他们凭借矫健的动作闪躲腾挪并寻找机会攻击敌人，他们管这样的本领叫做“武”。不过，习武却并不是一件简单的事情，根据个人的努力和天资，古星的武师也分三六九等，厉害的武师甚至可以使用内力隔空攻击敌人。

战场上的另外一方是伊鲁米纳特星人，他们的主要陆上力量是重甲骑士。这些骑士身着厚重的盔甲，浑身上下密不透风，任何兵器都很难刺穿这层厚厚的盔甲。除此之外，他们还装备有一枪一盾，用来进攻和防御。因为全身都被盔甲覆盖，所以灵活性相对较差，但是他们胯下的坐骑却弥补了这点不足。

骑士的坐骑是一种似马非马的怪兽，名为龙马。龙马长着马首，但是嘴里却是锋利的尖牙，头上有两只向后刺去的硬角，全身呈青绿色，说不出的狰狞恐怖。这种怪兽全力冲刺的速度快若闪电，一跃最远可达十几米。骑士骑在这种怪兽身上，战斗力大幅提升，如虎添翼。

伊星骑士发动了第七次冲击，他们始终无法冲破古星人的防御阵线。伊星骑士虽然可以凭借蛮力横冲直撞，无奈古星的战士配合极为默契，火枪手在前排成一排，三眼神统一朝着骑士射击，弹丸如雨般向骑士射去。纵使骑士的重甲防御力惊人，在这么密集的打击下也付出了巨大的伤亡代价。等到骑士冲到阵线前，火枪手迅速退下，由武师补上。

一名武师跳起来，身形一闪翻身落在骑士的坐骑之上，不等骑士反应过来，他借助身体的重力把骑士拉到地上，自己却未坠地，翻身挂在怪兽腹部。接着他手中短匕寒光闪过，龙马的肚子顿时被划破，眨眼间龙马倒地气绝身亡。不过也有的武师速度慢了一步，被龙马的铁蹄踏中脑袋，顷刻间一命呜呼。

虽然古星战士拼死抵抗，但是在骑士团无止境的冲击之下，还是有骑士冲进了防线之内。他们凭借一身重甲和手中的长枪，在阵线中左冲右突，转眼间无数性命陨落枪下。等到高阶武师赶来，以内力震死骑士时，已经有数十名古星战士死在他的枪下。几轮拼杀下来，双方损失惨重，脚下的泥土被鲜血浸透。

战斗持续了几个星时，伊星终于无法承受巨大的伤亡，让骑士停止冲击。他们准备使出杀手锏。战斗在最前面左冲右突分散着攻击的骑士收到命令，迅速退出战斗。很快，排列整齐的骑士队取代了他们。奇怪的是这骑士队并没有发动猛攻，而是缓缓往前推进。这批骑士分成两队，前面的一队是步行，以盾护住胸口，后面一队骑行，同样以盾护住胸口，整体看起来就像一堵向前移动的墙。他们的盾牌上有一个图案，像一个抽象的跪拜的人的形象，这是伊鲁米纳特星的“忏悔者”标志，寓意人类向神忏悔。战线上的古星战士好奇地看着这些人，不明所以。这些人难道是来战场上传教的?

突然，空中传来一声怪异的尖啸，一个黑影从伊星战线后方缓缓升起，待那黑影飞近了才看清楚，竟然是一只长着翅膀的恶龙。它体长十米有余，头部呈倒三角形，一双利爪紧收在腹部。它的背上同样骑着一名骑士，不过这名骑士却明显与众不同。盔甲更加厚重，表面雕刻的花纹更加华丽精美，而他手中的长枪足足比龙马骑士的长了两倍，古星战士倒吸一口冷气，要是被这把长枪击中，岂不是顷刻间变成了粉末。还好，这样的家伙现在只有一个。躲在暗处的神机营的火枪手偷偷用五眼神统瞄准了他，但过了一会儿就失去了兴趣，这么大一个活靶子，还需要瞄准吗？

“该死，伊星这群浑蛋居然这么快就用了这一招。”郝非凡密切关注着战场上的变化。一看到忏悔者出现，他马上意识到情况不妙。“快把虎臼炮推上来。”郝非凡一双大眼死死地盯着战场中的忏悔者，绝不能让他们把法术施展出来，不然这城就守不住了。

士兵们收到命令，很快便把虎臼炮推上城墙，从城垛间的空隙伸了出去。这虎臼炮是古星诸多火器中的一种，射出的弹丸有数百斤重，威力惊人，因炮口铸有铜虎而得名。等火炮填装好弹药，郝非凡一声令下，墙上火炮齐射，无数炮弹落在伊星阵线中，掀起一阵血雨腥风。还有骑士被弹丸卷起的气流掀到了天上，伊星的阵线被打得支离破碎。但是在空中龙骑士的指挥下，马上有士兵举着盾牌将空隙补上。

“这些家伙们疯了不成。”伊星人的表现让郝非凡大感意外，数十门虎臼炮齐射都没能打断他们。该死的伊星人在准备什么样的攻击？很快他就将视线锁定了空中的龙骑士，看样子这家伙是个头目，得先解决掉它才行：“命令神机营攻击空中那个家伙，打中了重重有赏！”

神机营的神射手们早就锁定了空中的龙骑士，开玩笑，这么大的一个活靶子一动不动地摆在那儿，闭着眼睛也能打中。攻击这样的家伙对神机营简直是一种侮辱，然而军令如山，他们有些无奈地扣动了扳机。几乎在同时古星战线的阴暗角落有火光一闪，无数的弹丸撕裂空气，直奔半空中的龙骑士。

龙骑士被神机营射手锁定时就有一种不好的预感，他全身的汗毛都竖了起来，这是多年来在战场厮杀中磨炼出的本能。当他看到古星战线上冒出的火光，马上意识到了不对，他将龙枪挡在胸前，护住身上的要害，激射的弹丸已经到了面前，打在龙枪上擦出一片火花。远远看去，龙骑士就像是空中绽放的一朵礼花，绚丽而夺目。龙骑士被这一番攻击吓出了一身冷汗，古星神机营果然名不虚传，相隔这么远，居然有弹丸直奔他眼睛而来，还不是一枚。神机营使用的五雷机他是见过的，那玩意儿连个照门都没有，古星人是怎么瞄准的？有了这番教训之后，龙骑士不敢再大意，后退了一段距离，用龙枪死死守住身上要害。

神机营的攻击没有效果，郝非凡心中大急。忏悔者的攻击应该就快准备好了吧？再不阻止他们就完了。郝非凡抬头望着天空，难道舰长的光筝还没有到位吗？

在郝非凡头顶几万米的高空，悬停着一艘巨大的星舰，它呈三棱锥形，表面泛着一层金光，尾翼后张着一张巨大的光帆，光帆通过吸收第一恒星的日光进行加速，最快可达光速的一半。这就是郝非凡口中的“光筝”，一艘古星人的星舰，名曰“青龙号”，它是郝非凡此次战斗的空中堡垒。

“青龙号”的舰长华军磊今年三十岁，他身穿淡绿色军装，是个面目冷峻的铁血军人。他是此次防御任务的最高指挥官，一方面负责抵御空中敌人的突袭，一方面直接指挥地面的战斗，并在必要的时候提供空中支援。

就在刚才，他接到副将郝非凡的求助信号。透过成像系统，他清楚地看到了地面上组成一道铁壁的骑士。他沉思片刻，挥手让几名副官着手准备空中火力支援。

过了不到一星分的时间，一道白光从天空直射向地面的骑士部队，就像是一道白色的光幕。那光幕是针对伊星骑士专门研制的一种武器，它的温度对身穿重甲的骑士来说是致命的。它在短时间内让骑士的盔甲变得灼热起来，金属良好的导热性让他们的盔甲变成了一个熔炉，骑士开始惨叫起来。龙骑士一见情形不对，马上下令撤退。

郝非凡在城头上看到这一幕，长出了一口气。一边下令让部分士兵追击落单的骑士，一边救治伤员。

骑士团散开之后，郝非凡的视野中出现了四个身穿黑色长袍的怪人。

他们站在敌人阵列的中央，宽大的衣服上印着“忏悔者”的标志，刚才骑士团保护的就是他们。郝非凡心里暗叫一声不好：糟了，伊星魔法师的魔法完成了!

在伊鲁米纳特星，有一个非常重要的战斗力量，这个力量由一些天赋异禀的人组成。他们信奉创造出天地的至高神，是唯一真神，是宇宙中最神圣的力量，只有向至高神忏悔，才能获得救赎。一旦取得了至高神的认可，就可以调用至高神的一部分能量。这些人就是魔法师——伊鲁米纳特星的秘密武器。但是，魔法师要调用至高神的能量，需要准备很长的一段时间。

从郝非凡这里看去，他只能看到那四名魔法师的其中一名举起了双手。几星秒后，他身后发出一道绚丽的金色光芒，接着一个“忏悔者”的形象浮现出来，只见一支粗大的光矛出现在他的身前，那光矛呈金黄色，正浮在半空中蓄势待发。四名魔法师一同施法，光芒暴涨，光矛以极快的速度朝着城墙的方向激射而来，一些在城外的士兵没来得及躲开，瞬间被那光矛的力量撕成碎片。

呼吸间，光矛已经射到城墙之上，郝非凡感觉脚下一震，光矛的一半已插入了城墙之中。接着光矛一阵震颤，“轰隆”一声巨响，光矛竟然爆炸开来。巨大的爆炸力把城墙撕开了一道口子，附近的古星战士化作一团血雾。

不远处的郝非凡也被气流掀翻在地，内脏也被震伤，他张嘴吐出一口鲜血。

“这他娘什么玩意儿？”郝非凡大骂一句，从地上爬了起来。他拔出腰间的五雷机，朝着施法的魔法师扣下扳机。他有绝对的把握，在这样的距离内击杀掉对手。

五眼神铳发出震天的响声，一阵青烟从枪口的位置冒了出来。五发威力惊人的弹丸从枪膛中射了出来，在还没有人能反应过来的瞬间，钢珠射中了那名魔法师的脑袋，“砰”的一声，魔法师的脑袋被炸成了肉末。

看到魔法师被打死，马上有一列骑士拿着盾牌挡在了剩下的三名魔法师跟前。同伴的惨死激怒了剩下的三名魔法师，三人站成一个等边三角形的形状，一起举高了双手。这次一个五米多高的“忏悔者”标志出现在空中，乌云刹那间布满天空，空中传来轰隆隆的声响，隐隐看到有雷光在云间翻滚。

郝非凡不知道这次会发生什么，心中忐忑不安。正当他猜疑不定的时候，乌云中强光一闪，一道紫色的闪电从空中直劈下来，正好劈在城楼上。城墙塌了大半，十数名士兵从城墙上掉落下去，城墙下躲闪不及的士兵被重逾千斤的城墙压扁。

城墙崩塌，伊星人抓住机会，骑士团马上发动了新一轮的冲击。他们驱使胯下的龙马飞奔而来，魔法师为了协助攻击，不顾体力透支，再次施展魔法。在骑士的周围裹上了狂风，狂风刮起尘土，让古星的士兵完全看不到敌人的方位，只能靠感觉胡乱地砍杀。无数士兵在没有察觉的情况下就被骑士的长枪刺穿了胸口，接着被踩成了肉酱。

有了魔法师的助阵，骑士的铁蹄突破防线，冲进了距离城墙三十米的范围内。城池下密密麻麻的古星士兵不顾自己的死活，以肉体组成一道防线，死死地拖住骑士团。骑士们第一次感受到了人海战术的恐怖，无数次的挥枪消耗着他们的体力，但他们仍然杀人如麻，龙马所到之处，古星战士纷纷倒下。

郝非凡目睹着这一切。他双目赤红，手上青筋暴起。看着年轻的战士一个个倒下，他愤怒地咆哮道：“该死的伊星人！给我记住，总有一天，我要你九百倍偿还！”

就在这万分紧急的时候，远处的天空中出现了一个不明飞行物。正要拼命的郝非凡停下了脚步。他的第一反应是敌人又派来了增援，但是等靠近了他才发现，那竟然是一艘完全由坚冰构成的飞船。它的头部是尖锥形的构造，尾部像一朵盛开的花苞包裹着尖锥。飞船的行进方式也非常特殊，它一边旋转一边前进，就像是天空中洒下的一朵莲花。

“啊，是伏星的支援来了！”郝非凡一颗悬着的心放下了，这城总算是守住了。

眨眼间，莲花状的飞船已经飞到了郝非凡的头顶，缓缓地在城内降落。飞船刚一停稳，一个穿着毛茸茸的大皮袍，满脸络腮胡子的大汉从打开的舱门中走了出来，手里还拿着一只扁扁的酒瓶子。

郝非凡从城墙上走了下来，迎上去说：“克鲁奇舰长，您来的真是时候。”

“赫副将好久不见，这次我带来了我手下最好的二十名战士，绝对够伊鲁米纳特这帮浑蛋好好喝上一壶的。”大胡子克鲁奇挥着手，从他身后的飞船里，又走出了二十名跟他一样打扮的士兵。

郝非凡看了那些士兵一眼，说：“他们都是冰法战士？”

“是的，我们最好的魔法战士。”克鲁奇喝了一口瓶中的酒，又挥了挥手，“给赫副将展示一下实力吧。”

克鲁奇话音刚落，最前面的一个战士走了出来。他双手翻动，一股淡淡的蓝光马上在他的周围凝聚起来，在众目睽睽下，一道一米多厚的冰壁从地面上缓缓升了起来，恰好把倒塌的城墙部分修补起来。

在这么短的时间内造出这么一堵冰墙，这让郝非凡大为欣喜。这样的二十个冰法战士，再加上克鲁奇，守住城池已不是难事，发动反攻也不是不可能。

伏星的战士以英勇善战而闻名酷悟星系，就算面对十倍乃至百倍的敌人，他们依然会毫无惧色，敢对敌人发动冲锋。而冰法战士更是其中的佼佼者。自冰法战士诞生起至今天，无数的冰法战士倒在了冲锋的路上，无一人逃跑，无一人投降。在酷悟星系中，只有伏星冰法战士做得到。

在光筝中的华军磊看到伏星的援兵心里却是另一种滋味。他自言自语道："这些缺心眼的大胡子就这么明目张胆地降落在城里，这不等于明着告诉伊星人援兵到了么。如果降落在敌人的后方，来一个突然袭击，伊星军队必然大乱。"——等等！一个绝妙的主意冒了出来，他早就想那样干了，无奈兵力不足。有了伏星的援兵，这么做也不是不可能。那就这么干吧！华军磊马上将他的作战意图传给了郝非凡。

收到华军磊的命令之后，郝非凡兴奋极了，心中对华舰长的钦佩又多了几分。"该死的伊星人，看你郝大爷怎么收拾你。"他马上按照华军磊的计划布置下去。

战场之上，伊星人远远地看到了伏星的冰舰落在城中，都知道古星人的援兵来了，这城一时半会是打不下来了。果然没过多久，一堵厚厚的冰墙升了起来，堵住了城的破口。想要破城是不可能了，所有伊星的士兵都在等待撤退的命令。

就在这时，令人意外的一幕发生了，城池的大门缓缓打开。伊星人的大脑一下子短路了，古星这些家伙在玩什么把戏？当大批古星骑兵出现在城门下时，伊星人不相信地揉揉眼睛。确定不是幻觉之后，他们脑海中冒出一个念头：疯了，古星人一定是疯了！虽然有了伏星援兵，但他们的兵力还是远远不够，在这种情况下，他们竟然主动发动攻击？这不是找死吗？

在伊星人惊诧的眼神中，伏星冰法战士率先发起了反攻。十名冰法战士一起出手，冒着白气的冰法冷量狂风般地吹向正在准备撤退的伊星骑士身上。凛冽的寒气让伊星人集体打了一个寒战，盔甲的表面结出了白色的冰花，原本就不太灵活的骑士变得更加笨重。

"这群该死的大胡子！"伊星人大声咒骂着冰法战士。不等他们骂出第二句，古星武师队就发起了冲锋。伊星人阵形大乱，眼下他们活动不便，被这些古星猴子冲到身前，后果就只有一个。想到这里伊星人又打了一个冷战，古星人肯定也不会让他们死得很舒服。

“不要乱，顶住！给我顶住！”战场形势突然逆转，这下轮到伊星龙骑士手忙脚乱了。可无论他怎么努力，都无法阻止骑士的溃败。古星的先锋已经突入骑士阵营，几下就解决了一个笨重的骑士。冰法战士看得眼红，痛打落水狗的机会怎么能错过，紧随其后也加入了战场。他们先是一口气喝光了随身酒囊里的烈酒，在酒精的刺激下他们血脉贲张，双目中泛着血色。接着在体表用冰法能量凝出铠甲和巨大的冰剑，打着酒嗝冲进了战场。

龙骑士在半空中吼道：“集中兵力先对付冰法战士！”

不用龙骑士说，伊星士兵谁不知道首先要消灭这些可恶的冰法战士，可也要能做得到才行啊。伊星士兵一靠近冰法战士，就被他们身上散发出的冰法能量冻得关节僵硬，不等举起武器，就被冰法能量凝结成的冰剑砍中，连带盔甲一起冻成了冰疙瘩。

看到骑士的攻击根本无效，龙骑士只好向魔法师求助。

魔法师虚弱地说道：“不是我们见死不救，我们实在是有心无力。我们已经施展了两个大型魔法，但凡我们还有一点魔力，怎会让伏星的酒鬼张狂。”

“他们每一个都是至高神最虔诚的战士。”龙骑士是个粗犷的汉子，也不知该怎么表达心中的情感，只是反复地重复这句话。

另一个魔法师说道：“现在唯一的办法就是再调一队魔法师过来。可这附近只有‘那个地方’还有魔法师驻守。”

龙骑士知道魔法师说的是什么地方，物资中心——储存所有战略物资的地方。这次战役远离伊星补给线，所有的物资都秘密储存在附近的一个小星上。一旦物资中心出了问题，伊星大军缺乏补给，必输无疑。

“应该……应该……没有问题吧！”龙骑士不敢打驻守物资中心魔法

师的主意，可是听到手下的惨叫声，心中又不忍。

“至高神的战士是星系间最伟大的战士，理当受到至高神的庇护。至高神的光辉永恒不灭。”三个魔法师商量着，与驻守在物资中心的同伴取得了联系。

十几个星分之后，郝非凡看到远处一面巨大的发着金色光芒的盾牌缓缓凝聚而成。那盾牌被催动着笼罩在骑士的身前，竟然形成了一道对冰法战士冰法具有免疫的屏障，冰法战士打在盾牌上的大部分能量都被化解了。伊星骑士趁机收拢队形，逐渐稳定下来。

郝非凡看到这一切，嘴角反而露出一个微笑，得意地说道：“伊星的傻瓜，你们完了。”古星战士在冰法战士的掩护下，有序地撤出了战场。等到伊星人意识到不对的时候已经晚了。物资中心爆炸发出的巨大火光，即使在古星的白天也看得到，像是在大幕中绽放的一朵火玫瑰，绚丽而夺目。古星战士发出山崩海啸般的欢呼，而伊星人则一声不响地撤走了。

郝非凡还有些惋惜地说道：“那么多物资，就这么炸了，太可惜了，抢过来多好啊。”

第二章

在古星举星欢庆胜利的时候，伊鲁米纳特星的所有星舰已经全部撤出古星的控制范围。指挥官卡罗尔阴沉着脸，他并没有下令回伊星。舰队稍作休整，卡罗尔做了一个大胆的决定，所有星舰向伏星的方向全速前进。

虽然卡罗尔没有说去伏星做什么，参谋拉姆已经看出了他将要下的这步棋，不过他心底并没有十足的把握，便说："我们是不是和五十二联邦沟通一下，让他们调两队超金机甲，我想应该没问题。"

拉姆提到的超金机甲是五十二联邦的主力武器，也是五十二联邦的科技象征。说到五十二联邦，它的历史要追溯到五百年前。它们原本是酷悟星系中无比荒凉的星球，伊鲁米纳特星为了净化星球，就在这里建立起了罪犯集中营，将星球内所有罪犯流放在这里，由很少的警卫集中看守。这样一来，伊鲁米纳特星上就成了没有罪犯的天堂。

被流放到星球上的罪犯开始劳作，为伊鲁米纳特星生产生活物资。过了几年，一些罪犯原本应该释放，但是伊鲁米纳特星却没有足够的罪犯填补空缺，便强制将这些罪犯继续关押劳作。

就在伊鲁米纳特星的教宗以为可以高枕无忧的时候，星球上传来了求救信息。被关押的罪犯们不堪被奴役，奋起反抗，杀死了警卫，同时宣布独立，建立十三联邦。

得到消息后，教宗震怒，下令将星球上的所有反叛人员全部处死。数十艘星舰浩浩荡荡开往十三联邦，魔法师们开启了光之审判，施法前出现的忏悔者标志几乎照亮了半个星球。无数巨大的金色光团从天而降，将十三联邦地面的建筑荡平，可星球上的叛军并没有被摧毁，他们利用被奴役时建立起来的错综复杂的矿洞，成功躲避魔法师们的"审判"。而闯入矿洞的骑士团在迷宫般的矿洞里迷失了方向，最终被歼灭。大战持续了很久，十三联邦利用地形优势展开游击战，将伊鲁米纳特星拖入了战争的泥潭。终因伊鲁米纳特星财力不支，双方签订了一份协议，十三联邦依然向伊鲁米纳特星提供一定数量的生活物资，伊鲁米纳特星依然拥有开发星球的权利，与此对应的是，伊鲁米纳特星不再剿灭他们，承认他们是自由人，但不承认他们的政权。

十三联邦的代表同意了这份协议，双方休战。

摆脱了至高神统治的十三联邦大力发展科技，创造力达到了极限。他们人口越来越多，科技越来越发达，然后他们制造出了超金机甲，迎来了十三联邦的鼎盛时期。拥有与伊鲁米纳特星分庭抗礼的实力后，十三联邦突然撕毁协议，开拓边疆，在占领另外三十九个区域后，他们把星球更名为五十二联邦，并向酷悟星系宣告从此独立，建立新的政权。

伊鲁米纳特星的教宗大怒，当即下令再次攻打五十二联邦。整个酷悟星系再次选择了沉默，近百艘星舰向五十二联邦开进，又将是一场血雨腥风。

魔法师们的光之审判还没有发出去的时候，超百架超金机甲突然来袭。魔法师从没见过这东西，瞬间被威力巨大的超金机甲击溃，完全没有反击的能力。

等教宗意识到已经不是五十二联邦对手的时候，魔法师们的星舰已经溃不成军，退了回来。从此，五十二联邦凭借发达的科技取代了伊星，成为酷悟星系新的霸主。

想到这段历史，卡罗尔摇头道："传我命令，限龙骑士团火速前来增援，魔法师军团进行集结。"说到这儿，卡罗尔冷笑一声，"拿这些对付伏星，绰绰有余了。"

拉姆很清楚，卡罗尔决定的事从不会改变。卡罗尔这一步的确是险棋，也是奇招。谁也不会想到卡罗尔会在战败之下选择攻打伏星。这也算是攻其不备，可即便如此，这场突击战胜算能有几成？拉姆不知道，毕竟他们没有在伏星作战的经验，气候对战斗力的影响无法估计，他只能在心里默默地向至高神祈祷。

伏星距离古星并不远，几十星分之后，一颗白色星球出现在卡罗尔的视野中。这便是酷悟星系中的伏星，又称冰星。星球表面覆盖着厚厚的冰层，没有季节之分，只有无休止的寒冷，因此这里民风剽悍。这里的冰层下面蕴含着巨大的能源，再加上伏星人特有的冰法战士，在整个酷悟星系伏星也是最强的星球之一。在某些方面他的战斗力甚至不弱于五十二联邦，这也是拉姆担心的原因。

在卡罗尔的指挥下，星舰直奔伏星锁图撸山脉。一名军官不解地问："将军，锁图撸山脉易守难攻，我们把攻击目标锁定在这里，岂不是自讨苦吃？"如果说攻打伏星是一步险棋，那么攻打锁图撸则是一步死棋。作为伊鲁米纳特的高级将领，卡罗尔当然知道这些，他似乎有意要走这步死棋。

拉姆看了看星舰上伏星的地图，眉头一皱，过了一会儿又舒展开来，由衷地赞道："将军果然高明！"

卡罗尔看一眼拉姆，笑问道："哦？你说说，高明在何处？"

拉姆紧走两步，指了指地图上的锁图撸山脉道："你们看，虽然锁图撸是一道天险，可是你们看这里。"

众人的目光看过去，那里是约什卡尔奥拉，称得上是伏星最大的运输基地。拉姆继续说道："虽然这里易守难攻，但是我们攻其不备，一旦拿下，将约什卡尔奥拉作为我们的补给基地，我们便会有一个固若金汤的后方，再去攻打伏星其他地方，易如反掌。"

听到这儿，卡罗尔又看了一眼拉姆，微微点了点头。转身走到了星舰控制台前，做出了战略部署："各军种注意，魔法师军团派一个小组进入锁图撸山群，占领制高点，摧毁敌方通信设施，全力协助龙骑士奇袭约什卡尔奥拉。"

接到命令后，魔法师军团和骑士团快速做好了战斗准备。战舰进入伏星的领空，进入了一个全新的世界，战舰外面是白茫茫的一片，下方就是锁图撸山脉，山顶由于狂风不止，没有厚厚的积雪，整座山像是一把利剑直刺苍穹。

此时的约什卡尔奥拉像往常一样，狂风肆虐，卷着冰雪漫天飞舞，很难想象伏星人怎么在这样恶劣的环境下生存繁衍至今。伊星战舰停止前进，已经不能再靠近，不然可能被伏星侦察到。在这种天气下无法进行空降，还好伊星魔法师有解决的办法。战舰舱门缓缓打开，七名魔法师组成一个法阵，开始向至高神祈祷，每个人的身体外出现了一层金光，身后浮出一个“忏悔者”形状的符号。随后七人一同大喝一声“光之传送”！

喝声刚过，身后“忏悔者”形状的符号慢慢向下坠落，最后，七个“忏悔者”在魔法师们的脚下合在一起，形成一个巨大的金色莲花宝座。金光一闪，莲花宝座承载着魔法师们直冲锁图撸的山顶而去。就在魔法师们快要降落到山顶的时候，忽然一阵劲风袭来，密密麻麻的冰箭从下面喷射而来。

“不好，有埋伏！”

魔法师向下仔细一看，这些山顶上竟然全是依山而建的冰房，不仔细看根本发现不了。这时七人中个子最高的魔法师一挥衣袖道：“集中全力，拼了吧。”

所有的魔法师为之一惊。要知道当集体施展魔法时，上一个魔法尚未结束就贸然使用另一个魔法，两个魔法极有可能会发生能量碰撞，法力激荡，轻者伤筋动骨，重者灰飞烟灭。从冰箭密集的程度来看，下面至少有二十多名冰法战士，就算他们能到达地面，没有骑士的保护，也会在瞬间被暴怒的冰法战士冻成冰雕，然后砸成粉末。

砰砰砰，冰箭如雨，集中射向魔法师们脚下的金色莲花宝座。虽然伤不到他们，但是莲花宝座的颜色却在慢慢发生变化，此时已经由金黄色变成淡黄色，也就是说能量正在快速减弱。能量一旦被消耗掉，后果不堪设想。

“奇怪，这里面怎么突然变冷？”魔法师说完嘴里哈出的气体顿时在空气中凝结，形成了一团冰雾。

对面的魔法师瞪大了眼睛，道：“不好，看你的头发！”

大家这才意识到，伏星的攻击并不只有冰箭，他们打算将所有人冰冻起来。而这股寒气的力量正悄无声息地穿透了魔法师的光之护甲，如果继续下去，恐怕所有人都会被困死在寒冰中。

“横竖都是死，发动光之审判吧！”高个子魔法师这时大喝一声，魔法师们对视一眼，也只能这么做了。七人双手合十，向他们心中的至高神进行最后的祈祷。

轰！一声巨响，魔法师脚下的金色莲花座忽然炸裂开来，金光迸射。山顶瞬间被削平，冰碴翻飞，被风一吹，像下起了大雪。藏在下面的冰法战士瞬间被震落的白雪淹没。魔法师们随即落到山顶，就在他们疑惑为什么没有受到任何损伤的时候，砰的一声，高个子法师摔落下来。

原来在大家施展“光之审判”的时候，高个子魔法师把自己的身体充当了其余六名法师的盾牌，承受了法力的碰撞，保护了其余六名法师。

“你怎么样？”另一名法师急忙去查看高个子法师的伤势。

高个子法师身体瘫软，已经没有了一丝气息。法师站起身，眼睛里闪着亮光，看了一眼山下约什卡尔奥拉中心一座高高的圆形宝塔一样的建筑。

“那里是他们的控制中心和信息发射塔，用它们来平息我们心中的怒火吧。”魔法师说完看一眼其余的五名法师，不顾体力的严重透支，再次施展魔法。六个人走到一起，围成一个圆，嘴里咒语不断：“光之震天！”

随即六人头顶出现了一个金色的光锤，直径有七八米，锤柄有二十多米。光锤一边旋转着一边迅速上升，瞬间飞到约什卡尔奥拉那栋圆形宝塔状建筑的上空，这时六个人手掌突然向下压，高空中的光锥像是失去了重心，嗖地急速向下坠去。

“轰！”一瞬间，站在山顶上的魔法师们似乎感觉到了山体震动，那栋建筑已经不复存在，取而代之的是一个巨大的冰坑。

“该死，我的酒！我的酒！”

光锤的能量波将宝塔旁边的一个大酒厂震毁，里面有一个利用冰做成的大酒坛，酒坛碎裂，汹涌的酒水像江河一样向外奔流。

有女人一边呼喊，一边使用冰技拢住酒水，可是她的能力太小，无法控制，只见奔流的酒水刚结上一层薄冰，随即又被巨大的冲力打破，酒水一泻而出。

“怎么回事？”坐在冰屋里光着膀子，露出一块块肌肉的男子霍然站起身，脸色铁青地看着外面混乱的局面，他一边说，一边抓起桌子上的酒瓶，咕咚咕咚地猛喝起来。

“报告队长，我们遭到伊鲁米纳特星的袭击。”这时从外面跑进来一名男子报告道。

肌肉男听完，脸色一沉，问道：“现在情况怎么样？”

“我们的控制中心被炸毁了，山顶上哨兵总台也被炸毁，联络不到外面。”男子回答道。

“浑蛋！一定要想办法联络总部！”肌肉男说完，身体上忽然结出一层厚厚的冰，手中也多出了一把冰刃。在伏星，所有人都会训练这种操控水汽并使之凝结的技能，但是像肌肉男这样能够快速使之凝结成护甲的并不多。

肌肉男手握长长的兵刃，看一眼男子道：“传我命令，派人迅速转移星民，剩下的战士随我杀出去，一定不能失守。”

伊鲁米纳特的星舰见魔法师们得手，立刻降落到地面，大队的骑士从星舰中冲了出来，领头的龙骑士对着魔法师抖一抖手中沉重的龙枪，一跃跳上巨龙，率众冲向约什卡尔奥拉。龙骑士军团还没走远，重装步兵迈着沉重的步伐走出星舰，带头的骑士咒骂一声："这是什么鬼天气，这么冷。"

此时地面上一个人影都没有，领头的龙骑士扫视一眼，疑惑地说道："怎么一个人都没有？难道都被魔法师炸死了？"接着他又摇了摇头，"就算炸死了也应该有尸体吧。"就在龙骑士军团准备分散开，向四周搜索的时候，空气中传来一阵嘶嘶的响声。

"什么声音？"其中一个龙骑士仰头向上看，只见白色的天空中出现了无数的小黑点，"这是什么东西？"龙骑士眯起眼睛仔细一看，脸色大变。

"大家小心！"龙骑士双腿重重夹了一下胯下的长龙，长龙咆哮一声，甩动身体，龙头向上喷出一团烈火！

烈火遇到冰箭，发出吱吱的声响，升腾出一团白气！与此同时地面上传来一阵隆隆巨响，再看四周，竟有冰山拔地而起，将骑士军团死死困住。

"休想困住我们！"龙骑士大喝一声，所有的龙同时喷出烈火，所到之处，冰山瞬间化成水汽。很快四周矗立起来的冰山被夷为平地，空有一团水汽弥漫在龙骑士四周。一名龙骑士得意地哈哈大笑起来："雕虫小技也想困住我们，大家杀个痛快吧！"

话刚说完，骑士的嘴巴忽然不能动了，眼珠转动两下后也不再动，接着脸上迅速长出一层冰霜，随后铠甲上也覆盖了白茫茫的一层。不过由于大家都在水汽里面，虽然相隔很近，但是白茫茫一片，根本看不到对方。

"大家快冲出这团水汽！"终于有骑士意识到了危险。

巨龙的嘴里再次喷出火柱，然而由于看不见对方，场面一度混乱起来。炽热的火焰烘烤着大地，地面上的冰层快速融化，又有源源不断的水汽上升。

火龙一边喷射火焰一边向外突围，当大家成功突围之后，发现竟损失了六个龙骑士，他们死得十分不甘，竟然是被同伴的龙息烧死。这样的事情以前虽然发生过，但是像这样一下子损失六名龙骑士，还是历史第一次。

“队长，你的办法真行。”肌肉男旁边的士兵看着空中簌簌飘落的白色灰烬，脑海里都能想象得出龙骑士被自己的人用龙息烧死时的情景。

虽然小胜，肌肉男脸上的表情依旧冷峻，他看着空中几十条巨龙在盘旋，叹口气道：“和总部联系上了吗？我们还有多少人？”

“一直联系不上总部，我们只剩下不到百人了。”旁边的士兵回答道。

听到这儿，所有人的脸色都变了，另一个士兵说：“但是锁图撸山脉上还有十几个地堡，有冰法战士二十几个，也不知道他们怎么样了。”

他们还不知道伊鲁米纳特星的魔法师团已经完全控制了锁图撸山脉，所有哨兵都已战死，甚至有些山头都在激战中被荡为平地。不过魔法师团也伤亡过半，只剩下两个尚有战斗能力的魔法师。

肌肉男仰头看一眼锁图撸山脉。“现在只能靠我们自己。给我杀！”肌肉男一声厉喝，冲了出去。

“这个是我的！”其中一个龙骑士见肌肉男异常威猛，兴奋起来。他挥舞着手中的长矛，双腿一夹，长龙嘶叫一声，冲向肌肉男。

砰！双方的利刃碰撞在一起，肌肉男的冰刃瞬间崩裂，并冲出无数小冰溜，这些冰溜子像暗器一样，嗖嗖地疾飞并刺向龙骑士的脸庞。

“看招！”肌肉男手臂一抖，手中的冰刃飞出，扑哧一声刺穿了龙骑士的嘴巴，一线猩红的鲜血从他嘴里喷射而出，染红了他脚下雪白的大地。

“队长小心！”身后的士兵大叫。

肌肉男仰头一看，只见一只巨大的金色长枪从天而降。肌肉男一个翻滚，刚刚躲开，就听身后轰的一声，冰石碎裂，冰块纷纷落在身上，肌肉男抖了一下身子，转头一看，冰面上竟被砍出了一条近五人深的沟壑。

“快撤！”肌肉男起身，又一道光枪向士兵砍了过去。肌肉男趁机摆脱了伊星的攻势，借这短暂的喘息之机，他马上通过特殊的秘密渠道，与远在古星的克鲁奇取得了联系。

“什么？约什卡尔奥拉失守了？”收到消息的克鲁奇脑子里一片空白，一时间差点没缓过劲儿来。克鲁奇心里明白，约什卡尔奥拉是一个要塞，也是一块难啃的骨头，敌人竟不顾一切，先啃这块骨头，意味着什么，不言而喻。

克鲁奇无法平静心绪，暴喝一声：“一定给我顶住！绝不能后退一步！就算死也要死在战场上，增援部队马上赶到！”

“是！将军！”

另一端传来一声爆炸声，通信随后中断。克鲁奇没想到卡罗尔竟来了这么一手，后悔低估了他。

拿下约什卡尔奥拉后，卡罗尔异常兴奋，看着伏星的地图，从这里一直到古奇山脉几乎没有遮掩，一马平川，这意味着魔法师和骑士团将以破竹之势，拿下这些要塞。除此之外，还有一件事让卡罗尔很兴奋，伊星收到他的报告非常满意，又要派遣一支龙骑士分来支援。但却有一个问题制约着龙骑士：伏星的温度太低，恶劣的环境将使他们的战斗力大打折扣。

尽管如此，捷报还是频频传来，一座座防空城市被拿下。从这里直到古奇山脉，整整二十八座防空城市。这可是有史以来，伊鲁米纳特星最辉煌的战果。然而就在卡罗尔想继续扩大战果的时候，魔法师和龙骑士团受到了阻滞。不仅仅是因为古奇山脉这道天险，更重要的是，卡其城和劳伦要塞是通过古奇山脉的必经之地，易守难攻，经过这么长时间的战斗，魔法师和龙骑士已经有些疲倦，双方进入了僵持的局面。

卡罗尔在星舰里踱着步子。他心里清楚得很，部队决不能停滞在这里，一定要一鼓作气，将这道天险拿下，这样伏星就会完全丧失反击的能力。从未被征服过的伏星，就要拜倒在他的脚下，这份功绩，足以让他的名字载入史册。

想了一会儿，卡罗尔忽然停住脚步，看向一直站在旁边的拉姆："你怎么看？"

拉姆受宠若惊，卡罗尔向来不会主动询问参谋意见，这次例外，似乎证明了拉姆在卡罗尔心中地位的变化。拉姆赶紧上前一步，指着地图道："我想既然古奇山脉是他们的天然屏障，我们可以让魔法师军团将其完全封锁，控制住；另外我们是不是考虑将军队分成两队，每一队都是主力，对卡其城和劳伦要塞进行猛攻，让他们首尾不能呼应。"

拉姆说完，看向卡罗尔，等待着将军的回答。卡罗尔一点反应都没有，他的眼睛还在地图上，过了一会儿，才微微点点头。

星系内各星球的视线都被伏星发生的战争所吸引，各方势力抱着坐山观虎斗的心态，密切注视着伏星的战事，企图从中获得利益。

作为伏星同盟的古星，也吸引了各个星球的注意。伏星冰天雪地，气候恶劣，没有任何人想卷入伏星的战场。面对咄咄逼人的魔法军团和骑士军团，古星皇帝所做出的决定出乎所有人意料。

第二章

星时21943年，古星公然发表声明，对伏星进行战略援助。同一天，一支庞大的舰队在都城星港集结完毕，由古星皇帝亲自主持出师仪式后，浩浩荡荡地开往伏星战场。

对于这个重大决定，古星也有人提出过反对意见，但是古星皇帝的一番话说服了所有大臣。

“我们推翻天广皇的时候，伏星帮助了我们。我们能有今天的古星，伏星功不可没。古星有句古话，滴水之恩当涌泉相报，我们绝不能背负忘恩负义的骂名。”

华军磊带领的古星舰队冲破了伊鲁米纳特布置在伏星轨道上的封锁线，停靠在唯一受伏星控制的一个太空港口，在冰天雪地中与前来迎接的伏星将军克鲁奇举行了一次简单的会师仪式。

随后进行的军事会议让华军磊感到头痛。

“目前，伏星三十七座防空城市已经沦陷了二十八座。”憔悴的伏星将军为华军磊解释战况，“我军已经丧失了全部的制空权。但是伏星气候严寒，对伊鲁米纳特的空中龙骑士团也产生了极大的影响。”

华军磊凝视着巨大的作战地图，耳边传来克鲁奇的声音：“现在古奇山脉是我们最后的防线，而卡其城和劳伦要塞吸引了了伊鲁米纳特大部分的攻击主力，卡罗尔将军队分成了两队，对卡其城和劳伦要塞同时展开了猛烈攻击主力。我军誓死抵抗，没有让伊鲁米纳特人前进一步！”

华军磊紧紧盯着作战地图，眉头拧成了一个“川”字。地图上两个巨大的黑色箭头，代表了伊鲁米纳特军队的魔法师军团和圣骑士军团，两支队伍相互交叉，犹如一把铁钳，对准了卡其城和劳伦要塞。

“伊鲁米纳特的魔法师军团将古奇山脉上空完全封锁，我们的战舰无法通过。所以，只能在这里固守。”克鲁奇轻声问，“华将军，你有什么建议？”

会议室内一下子安静下来，军官们的目光都凝聚在华军磊身上。虽然伏星军队暂时遏制了伊鲁米纳特的进攻，但是他们都知道，这是依靠天时和地利才将伊军阻挡在古奇山脉之外，伊星占领物资中心之后，已经站稳了脚跟。想要打破僵局，光凭伏星的军队绝对无法做到，必须依靠古星的援军。

看到众位军官期待的目光，华军磊咧嘴一笑：“我倒是有个好主意，若众位将军愿意配合我，消灭魔法师军团和圣骑士军团，指日可待！”

约什卡尔奥拉是伊鲁米纳特最重要的太空补给基地，每天都有源源不断的补给战舰从伊星出发，载着战略物资停靠在这个港口。粮草，衣物，武器，甚至连魔法师军团的施法道具，都是由这个太空补给基地供应。华军磊的副官郝非凡越听越觉得耳熟，这不正是在古星上击退伊星的那招吗？居然要再来一次？会成功吗？

狂风呼啸而过，掀起大片的雪花，将整个约什卡尔奥拉淹没在风雪中。巡逻的伊鲁米纳特骑兵在寒风中瑟瑟发抖，漫天的风雪阻碍了视线，也让胯下的坐骑躁动不安。在他们头上几百米的上空，一架小型古星光筝在风雪的掩护下，悄无声息地降了下来。

“该死的！这么恶劣的天气，也不知道大鼻子伏人是怎样在这里生存的。”一位巡逻的龙骑士骂骂咧咧地说。他将半个身子都缩在厚厚的铠甲内，心疼地看了看坐骑。那匹黑色的龙马，四肢上结了厚厚一层白霜。

“不要抱怨了。”巡逻队长劝道，“卡罗尔将军也想尽快解决掉这次战斗，谁不想早点离开这冰疙瘩。”

“至高神在上，快点结束这场该死的战争吧！”骑士抱怨道，他抬起头来，冲着古奇山脉的方向望去，只见雪花飞舞，其他什么也看不见。

该到换班的时候了吧？他心里暗暗计算着时间，蓦然间眼角红光一闪，一道绚丽的红光带着无与伦比的威势朝他射来，他还没有反应过来，便感觉身子一震，眼前一黑，什么也不知道了。

“敌袭！”骑士的话音刚落，一队身穿白色伪装衣的士兵出现在他们的视线之中，他们手中的武器发射出一道道红色的光芒，无数弹丸呼啸着冲过来，朝巡逻小队队员的脑袋上打了过去。

“快发信号！”巡逻队长声嘶力竭地喊道。他舞动沉重的龙枪，试图为手下争取时间，但是他还没有靠近敌人，便连人带坐骑被炮弹打成了碎片。转身逃跑的士兵还没跑出几步，一阵寒风吹过，转眼间变成了冰雕。古星神机营和伏星最精锐的冰法战士联手突袭，如果这样还有人能跑掉，那两星的脸面可就丢光了。

大批士兵从风雪中出现，飞快地越过伊鲁米纳特地面骑兵布置的防御工事。他们手中的武器发出的红光犹如死神的镰刀，朝伊鲁米纳特的防卫军队冲去，留守约什卡尔奥拉的地面骑士猝不及防，被打得落花流水，节节败退。身穿白色伪装衣的士兵只一个冲锋，便拿下了约什卡尔奥拉的基地入口，士兵源源不断地紧跟而入，冲入了约什卡尔奥拉基地内。

华军磊眯起眼睛，静静地倾听着前线厮杀的声音。一位满身霜雪的传令兵气喘吁吁地冲进了指挥部，匆忙地敬了一个礼，上气不接下气地说：“将军！先锋队传来消息，已经将约什卡尔奥拉的防空武装全部控制在手！”

华军磊猛然一敲桌子：“好！命令先锋队！启动约什卡尔奥拉基地的防空武装！打沉伊鲁米纳特的所有补给战舰！命令第一舰队、第三舰队马上行动！封锁约什卡尔奥拉的空中港口！通知克鲁奇将军，让卡其城和劳伦要塞的军队发动反击，配合我们的攻势！”

一连串命令下达后，指挥部的通信人员顿时忙得团团转。华军磊冷哼了一声，伊鲁米纳特名将卡罗尔，这次一定让你在伏星大败！

得到约什卡尔奥拉基地被联军攻破的消息，卡罗尔气得暴跳如雷，摔碎了指挥部内一切可以摔碎的东西。不过他却仍然没有想通，古星的军队如何越过古奇山脉，突然出现在自己的腹地，并给予自己致命的一击。

“他们是怎么过来的！他们到底是怎么过来的！”卡罗尔愤怒地咆哮着，“魔法师军团那群废物！他们不是告诉我伏星和古星的战舰不可能穿越古奇山脉吗？该死的！我要让他们都去军事法庭接受审判！”

卡罗尔属下的军官恨不得像鸵鸟一样将脖子缩回肚子里。只有拉姆小心翼翼地说：“将军，根据魔法师军团情报部传来的消息，古星军队抛弃了一切重型武器，只带着一些威力比较强大的单兵武器，驾驶轻型光筝强行翻越古奇山脉，对约什卡尔奥拉基地发起了突然袭击，因为情报部门将大部分注意力放在了古星派遣的战舰上，所以……”

“所以，所以就让我们最大的补给基地沦陷了？”卡罗尔冷笑一声，努力让自己平静下来，“传我命令！让魔法师军团和圣骑士军团暂停对卡其城和劳伦要塞的进攻，首要任务是夺回约什卡尔奥拉基地……”

卡罗尔的话还没说完，一个传令兵便忽然闯进了他的指挥部：“将军！前线战报！古星部队冒充辎重兵，偷袭了魔法师军团！我军惨败！魔法师军团团长为了掩护军队撤退，英勇战死！”

寂静，死一般的寂静。所有人都被这个消息惊呆了，军官们都用不可思议的眼神盯着满脸汗水的传令兵。古星的参战出乎他们的意料，但是他们也做好了应对之策。把伏星的制空权牢牢掌握在手中。所有人都认为，古星想要有所行动，必须先夺回制空权。可是，谁知道古星将军竟放弃了制空权，反而去突袭伊星最大的太空补给站？

这消息犹如一瓢冷水兜头浇在卡罗尔头上，让他的神经瞬间麻木，口中喃喃自语：“这怎么可能？这怎么可能？”

蓦然间，卡罗尔感觉到喉咙一甜，一股鲜血从他嘴里喷了出来，卡罗尔目眦欲裂，愤怒地咆哮："华军磊！我不会放过你！"

自此以后，战况急转直下。失去了约什卡尔奥拉基地的补给，伊鲁米纳特方面举步维艰，接连失利。卡罗尔急于夺回约什卡尔奥拉基地，华军磊抓住了卡罗尔急于求成的心理，采用诱敌深入的方法，将骑士军团引诱到约什卡尔奥拉基地附近，企图全部歼灭圣骑士军团。幸亏卡罗尔行事小心，发觉了华军磊的计谋。在损失大量骑士之后，卡罗尔狼狈而逃，再也不敢正面对抗古星和伏星的联合军。

华军磊军威日盛，以约什卡尔奥拉基地为中心，古星和伏星联合军重新夺回了制空权，彻底切断了伊鲁米纳特对卡罗尔军队的补给。克鲁奇率兵猛攻，收复大片的失地。而卡罗尔在伏星和古星联军的猛烈攻势下，不断缩减兵力。同时，在一天之内伊星军队放弃了四个战略要地。

在华军磊的协助下，克鲁奇只用了短短一星月，便光复了伏星大部分地区。伊鲁米纳特的残余军队龟缩在最后的防线内，缺衣少粮，不敢应战。甚至有军队不顾卡罗尔的命令擅自逃离伏星。只有忠诚于卡罗尔的卫队，还在坚持着等待伊鲁米纳特的命令。

只是一个星月的时间，残酷的现实就让卡罗尔将军变得委靡不振，他满脸胡茬，身上原本整齐的军装也变得皱乱，往日梳理的油光可鉴的金发，也有些暗淡无光。面对如此的惨败，卡罗尔心里很明白，即使能活着返回伊鲁米纳特，等待他的也将是军事法庭的审判，他的军旅生涯会就此结束。

"拉姆，援军到底什么时候才能赶到？"卡罗尔异常暴躁，"现在我们已经被团团包围，古星和伏星的联军对我们日夜攻打，我们坚持不了多少天！"

指挥部内的军官个个满脸憔悴，拉姆的形象更是狼狈，他的头上缠着绷带，还有斑斑血迹渗出，那是他在一次督战中被古星的火炮余波击中了头部，他有些无奈地说道："将军，支援舰队已经出发了，路上遭遇华军磊的阻击，无法尽快赶来。”

卡罗尔倾听着外面的厮杀声，内心充满了绝望，他后悔当初攻击伏星。这次战斗，无数忠于教会的士兵将生命留在了这个冰天雪地的星球，而他们的牺牲，没有任何意义。

“将军。”一个高级军官从外面跑进来，看了看上级，用沙哑的声音说：“半个星时前，古星攻破了城南防御，驻守在那里的两支龙骑士小队，一支魔法师中队，无一生还。城南，已经失守了。”

一个接一个的坏消息已经让卡罗尔变得麻木了，他无力地挥挥手，示意知道了。他看了看桌子上的指挥刀，脑子中只有一个想法：宁可战死，也不能被敌军俘虏！

华军磊踌躇满志地站在高处，任凭伏星风雪吹过脸庞。这场战争，足以让整个星系的人们看到古星强悍的一面，大大提高了古星在星系中的地位。只要攻破最后一道防线，伊鲁米纳特在伏星上的所有军队都将成为俘虏。

“华舰长！”克鲁奇忽然走过来，轻声说，“有点不对劲，你看天上。”

华军磊抬起头来，顺着克鲁奇指的方向看去，透过稀疏的风雪，他只看到一道道明亮的光芒从天空坠落，那些东西速度奇快。最重要的是，它们的目标竟是伏星和古星的大军军营。

华军磊的心头忽然一跳，他急忙朝身边的军官大喝：“空中战舰检测到什么了吗？天上那些东西到底是什么！”

一个军官满头大汗：“将军！战舰没有搜索到任何可疑的东西，也许，那只是小流星。”华军磊大喝：“快去查！我要知道那些到底是什么！”

但是已经晚了，身边的伏星将军已经惊叫起来：“超金机甲！那是五十二区联邦的超金机甲！该死的！我们的技术根本检测不到他们！”

成千上万架超金机甲犹如一道道绚丽的流星，从远处的天空冲了过来，华军磊大喝：“快通知空中舰队！阻止他们！”

华军磊心中惊骇，没想到超金机甲可以躲过舰队的监控，悄无声息地到达这里。更要命的是，五十二区联邦在这个要命的时候出现在这个要命的地点，目的不言而喻。

超金机甲乍一看上去就像是一具两米多高的机器人。脚部附带的喷射系统，能让这些穿戴了超金机甲的士兵灵活地在空中进行攻击，胸口处的微型核反应堆提供能量，让他们可以进行高强度的战斗。

超金机甲的速度奇快无比，他们甚至没有任何通话，直接就对古星和伏星的军队进行了攻击。无数颗导弹的轰鸣声伴随着刺眼的激光光柱从前线传来，超金机甲以摧枯拉朽的威势，瞬间就将伏星和古星联合军打得落花流水。

无论是古星的火炮，还是伏星军队操控的冰系攻击，根本就无法击中高速移动的超金机甲。反而是超金机甲随手打出的一道激光光柱，或者发射的一颗小型导弹，就摧毁了对方的阵地。上万架超金机甲突如其来的袭击让伏星和古星损失惨重。

星时21943年，五十二区联邦的突然参战，给了古星和伏星联军以致命的打击，与伊鲁米纳特的战争已经让伏星使出了全力，这次与超金机甲的对弈，联军注定要失败。

短短几天标准星天之内，战局急剧逆转。制空权沦陷，地面防卫系统沦陷，太空战舰作战失利，地面部队作战失利。超金机甲势若猛虎，攻破了一个又一个军事基地和战略要塞。紧随其后的伊鲁米纳特支援舰队，则跟在后面，接手一个又一个城市。

在五十二区联邦和伊鲁米纳特的猛烈攻势下，伏星元首宣布投降，并请求古星军队返回。古星方面大为恼怒，却无可奈何。十天以后，华军磊得到古星军部命令，带领残余舰队返回古星。只是在临走之前，华军磊对伏星元帅克鲁奇流露出心中的不甘。他坚持道：“只要找到超金机甲的弱点，胜利依然是属于我们的。”

克鲁奇无奈地笑了笑：“或许我们可以战胜，但是，我们必须服从元首的命令。华将军，多谢你这段时间对我们的支持。”

古星舰队离开以后，出乎所有人意料，五十二区联邦和伊鲁米纳特却没有接受伏星元首的投降，之前伊鲁米纳特的惨败激怒了教廷长老会。就在华军磊舰队离开伏星的第三天，五十二区联邦联合伊鲁米纳特最强大的魔法师，利用科技和魔法的结合，动用了他们所能掌握的最强大的力量。

轰隆一声巨响，伏星在这猛烈的打击下，山峰倒塌，大地颤动，最终伏星竟承受不住如此强大的能量打击，从中间爆炸开来，整个星球四分五裂，飘散在星际之中……

消息传出，震惊了整个酷悟星系。

幸亏伏星加强了整个星球的防御，伏星虽然分裂了，但是主体却在能量防御的保护下奇迹般地留存下来，星球上的居民经历了一场剧变，却留住性命。只是遭受重击的伏星，在星系的地位大跌。

“滴滴滴……”一阵急促的铃声忽然响起，所有的战争格局忽然停止，大厅内一下明亮起来，虚拟的星际战争刹那间消失不见。一个机械的女声合成音回荡在所有人耳边：“星际时事模拟暂时停止，所有军事学员请到作战会议室等候命令。重复一遍，星际时事模拟暂时停止，所有军事学员请到作战会议室等候命令。”

大厅内所有学员面面相觑，不明所以。不少人在窃窃私语：星际时事模拟要求学员从中发现并解决问题，向来是军事学院最重要的课程，从来没发生过在模拟过程中被打断的情况，到底发生了什么事？居然临时中断模拟课程，让所有军事学员去会议室等待？

第四章

不一会儿，在星际时事模拟中扮演伏星指挥克鲁奇的冯锡阳、扮演伊鲁米纳特指挥卡罗尔的王广雄和扮演五十二联邦指挥官的林金春三位舰长赶了过来。他们也不知道发生了什么事，见到华军磊，冯锡阳首先开口问："怎么回事？怎么突然暂停了？"

"我也不清楚。"华军磊双手一摊，他也正疑惑着，"先去会议室吧。"说完就带着参谋李顺东往会议室走去，其他三位舰长也只好跟着过去。

"王舰长，听说伊鲁米纳特的魔法师很厉害，看来也不过如此嘛。当他们遇上伏星的冰法战士时，毫无还手之力，只能等死。"冯锡阳边走边对王广雄说。在模拟中，他们扮演对手，两人打得火热。

"魔法师体质柔弱，在近距离内当然不是伏星肌肉男的对手。但是不要忘记，伊星还有骑士团。在龙骑士的保护下，想要杀死魔法师可没那么容易。"王广雄舰长老成持重，是专门研究伊星战术的专家。

"华舰长，你慢点，走这么快干什么？都快赶上超金机甲的速度了。"在一旁的林金春舰长问道。

一提到超金机甲，华军磊放慢了脚步，问道："老林，你是研究五十二联邦方面的专家，你说说，超金机甲到底有多强？"

"这还真不好说。"林金春有些无奈地说道，"五十二联邦的保密工作做得相当严密，他们新一代的机甲有多强，我们一无所知。刚才演习中我使用的机甲参数都是根据多年前他们与伊星一战的数据推演出来的。"

"唉！"华军磊叹了一口气，"对他们一无所知，如果突然爆发冲突，形势对我们相当不利。"

林金春低声说道："放心，我们正在研究对付超金机甲的秘密武器，在关键技术上已经取得了重大突破，相信用不了多久就可以投入到实战中了。"华军磊知道这是军部的机密，也就没再追问下去。

“对了，华舰长，你的副官郝非凡很勇猛啊。刚才守城的时候，英勇顽强，真是一员猛将！”王广雄想起攻城时，碰到的难缠的对手。

“郝非凡，你听这名字，非凡，非同凡响啊！”冯锡阳赞叹道。

“小伙子确实不错，但还需要一番磨砺。”郝非凡是华军磊一手提拔起来的，他当然了解。郝非凡和李顺东，一文一武，是他的左膀右臂。

眼看着快要到会议室了，四位舰长心中还在猜测模拟暂停的原因，看着门口多出了一倍的警卫，肯定是有大事发生了。

会议室面积不大，里面装饰简单，墙壁上挂着一面古星星旗。会议室中间有一张长条桌，两侧各有五把椅子。四位舰长分别坐下，静待着卢将军的到来。

他们刚坐下没多久，门被推开了，一个身材修长，身穿戎装的人走进来。他就是卢将军，一副国字脸，平常的时候，一副和蔼的样子，而今天脸上却冷冰冰的，双眉紧皱。华军磊有很多年没看到卢将军这个样子了。跟在他身后的副官，手里拿着厚厚一沓子文件，表情异常严肃。

四位舰长见卢将军进来，立即站起来敬礼。

“都坐下吧。”卢将军在主位上坐下，向副官示意说：“把文件发给他们，不许任何人进来。”副官将命令下达之后，一言不发地站在了将军身后。

华军磊见卢将军神色严峻，心中猜测着到底发生了什么事。他接过文件，看到文件外面写着“绝密”两个字，心中一沉，这种层次的文件，他还是首次接触到。

“你们先看看。”卢将军说。

华军磊拆开一看，是一份紧急报告。上面写着：隶属于古星的红石星因不明原因爆炸，炸裂后的各个子星脱离我方星域，进入南线联盟星域。以高星为首的南线联盟星球蠢蠢欲动，意图染指红石星各子星矿藏。

华军磊看到这个消息，心中一紧：红石星？那不是我的家乡吗？好端端的怎么会爆炸呢？奶奶和妹妹可能还在红石星上，不知道她们怎样了。虽然心中很焦急，但华军磊还是不动声色地等待卢将军的指示。

卢将军见大家看完了简报，用手在长桌下面摁了一个按钮，整个会议室暗了下来，在对面的墙壁上出现了一个全息图像，图象上是星系地理。“这就是红石星，它是围绕在我们南部星域的一颗较大的星体，位于古星帝国最南端，距离高星很近。高星的具体情况由我的副官给大家介绍。”

“是，将军。高星位于我帝国南部，资源贫乏，经济落后。为了能在星际仲裁法庭上提高影响力，它与大林星、印月星等组成南线联盟，共同应对星际风险。虽然高星距离我们很近，但他们的文化、价值观却偏向于伊鲁米纳特星，他们的星民信奉伊星的至高神，因为曾被伊星占领过，风俗习惯基本与伊星相同。但最近一段时间，它又和五十二联邦来往密切。”

“红石星上的居民怎么样？”副官说的情况华军磊基本都知道。他现在最牵挂的是自己的亲人。

“高星帝国占据了离它最近的红石星子星后，对外宣称这是属于他们的星球。他们摧毁了当地居民的房屋，并把他们向星外驱赶。同时，他们建立基地，准备开发上面的矿藏。”卢将军一边播放着全息图像，一边说，“这些都是当地居民传回来的图像。目前这个消息只有高层知道，但是压不了多久，消息很快会传出去，到时候会引发古星星球上星民的不良情绪，所以皇帝要我们尽快拿出解决办法。”

华军磊看着图像，怒火中烧。他刚要开口，却被身边的冯锡阳抢了先：“一个小小的高星，竟敢挑衅我们古星，简直不知死活。”

“冯舰长说得对，是应该给他们点颜色瞧瞧。不然还以为我们古星软弱可欺！”林金春附和道。

“我觉得还是慎重点好。把子星拖回来就可以了，不值得为了这点事就和高星开战。”王广雄想了想，提出反对意见。

“王舰长，你错了。红石星蕴藏着丰富的资源，这些资源一旦被开发出来，将会促进我们经济增长的速度。而且它本身就属于我们古星，上面居住着我们的星民，他们受欺负难道我们不应该有行动吗？高星的举动是对我们古星的挑衅。如果我们没有行动，会影响到其他星域方面的稳定。”华军磊立即反驳道。

“我的意思是说应该从全盘考虑这件事。现在高星帝国看五十二联邦的脸色行事，一旦开战，五十二联邦肯定会插手。以我们目前的军事实力，还不是五十二联邦的对手吧？”王广雄问。

“好了，别吵了。”卢将军打断了他们的争吵，“华舰长说得对，红石星下面蕴藏着巨大的矿产资源。这些矿产原本是我们的战略储备，内阁早就向皇帝提议开发这些矿产资源。但由于红石星靠近高星帝国，他们早就蠢蠢欲动了，而且南线联盟的其他几个帝国也都想分一杯羹，捞点好处。所以政府高层都很谨慎，内阁原本计划退一步，和高星政府共同开发。”

“那这次红石星爆裂，会不会是高星所为？”冯锡阳提出了心中的疑问。

卢将军说道：“这一点我想过了，应该不是高星所为。就算他们有这个胆量，也没有这个实力。华舰长，你老家就在红石星，你有什么看法？”

“将军，我建议出兵，即使不打，也要武力威慑高星。因为他们占领了我们的领域，驱赶了我们的星民，已经侵犯了我们的主权，我们不能忍着。另外，红石星上有很多矿产资源，为了长久打算，我们必须要掌握这些资源，不能任由其他星占据。并且，这有可能是某些星球对我们的试探，如果古星妥协，他们肯定会有更大的动作。”华军磊一一道来。

“华舰长说得对。一旦我们在红石星子星的问题上退让，那些觊觎我们其他领土的星球都会伺机行动，如果真到了那一步，古星就危险了。”林金春补充道。

“你们说得都对，但遗漏了一点。”王广雄说。

“哦？是什么？”卢将军眼神紧紧地盯着他。

“自从我们击败伊鲁米纳特星，经过长时间的休养生息，经济实力才逐渐增长起来，在星系里有一定威望。古星的崛起必定会引起老牌星球的不满，比如五十二联邦等。他们不愿意看到一个强大对手的崛起，所以会处处遏制我们。但我依然坚持自己的意见，不要轻易出兵。”王广雄解释道。

“王舰长分析得很好。”卢将军赞赏道，“他敢于坚持己见。其实这件事军部已经有了决定，我只想听一下你们的看法。你们的表现让我很满意，下面我宣布军部命令。”

“是！”四人立即起立，站得笔直，昂首挺胸等待命令。

“我现在宣布任命，华军磊为征南舰长，由你带领一支混合舰队，开赴南部星域，武力震慑高星帝国，配合政府谈判。特殊情况之下，可以使用武力。”

华军磊听到任命后，心中咯噔一下，他没想到卢将军会派他去解决争端。又想起下落不明的奶奶，心中万分愧疚。小时候他贪玩，经常逃学，有一次被奶奶逮个正着，训斥一顿。他那时不懂事，还顶撞奶奶。奶奶生气，当着其他小朋友的面打了他的屁股，结果他就赌气离家出走。现在想想，那时多么幼稚。一晃这么长时间过去了，他在军队也算有点成就，却一直没再回去看望奶奶。红石星爆炸，当地居民被驱赶，不知道奶奶怎样了。如果奶奶出事……

第二天，天空万里无云，天朗气清，惠风和畅。在这么美好的一个日子里，对外一向谦和的古星竟然派遣军队了。当卢将军的命令在媒体上播出后，整个星球顿时沸腾起来，绝大部分星民激动不已。自从当年打败伊鲁米纳特后，古星休养生息，停战了很长一段时间。以至于每次有星际争端，皇帝都采取弱势姿态韬光养晦。星民们已经忍了很久，现在终于可以让星系的人们看古星强硬的一面了。

首都的都城星港有十万平方公里，那里已经挤满了密密麻麻的人群，人们争前恐后，踮起脚往港中看去，想亲眼目睹古星的赤龙号星际母舰。警察们在维持着秩序。

“快看，星际母舰！”一个年轻的小伙子忽然大喊了一声。他挤到了人群最前面，第一个看到星际母舰，众人都随着他指的方向看去，果然见到一艘陀螺状的船舰正在慢慢升起。它外形庞大，如同一座堡垒。有人拿起望远镜，能清晰地看到上面的一个炮台。

“爸爸，咱们帝国什么时候造出来这么大的船舰？”一个小孩问道。

“孩子，制造一艘星际母舰需要耗费巨大的财力、物力，一般的星球根本没实力制造。这艘星际母舰是从伏星购买的，然后按照我们古星的特点加以改造，所以形成了现在的样子。”爸爸自豪而又有耐心地讲解着。

“怎么改造的？”小孩又问。

“你看到它的外形了吗？”

“嗯，看到了。”

“我们买来时，整艘母舰都是万年寒冰建造的，因为伏星就是一个冰雪星球。买来后，把冰换成铁，消磨了坚硬的大楞刺，有的地方改换成圆润的穹顶，有的地方加以重叠，折合成类似于光筝的模样。”爸爸说着，指着母舰边上的一艘长两千米，宽七百米的护卫舰，“你看，儿子，那是一艘大型护卫舰，它的船身设有炮台，每个士兵都配发五眼火铳，是我们古星最先进的武器，威力巨大。”

“你怎么知道的，爸爸？”

“你老爸是一个资深的军事迷，小时候我就梦想着成为光筝上的一名战士，征兵时我还去了，可惜体检没过关。”

“爸爸，等我长大以后，我也要成为一名光筝战士。”小孩子天真地说。

“好，有出息。别告诉你妈，这是男人之间的秘密。”爸爸又提醒道。

“好的。”

身边的年轻小伙也是名军事迷，他指着一艘中型攻击舰就问：“老哥，你说那艘中型攻击舰有啥特点？”

“这还用问。我们古星国的中型攻击舰，长一千米，宽三百米，舰身分为上下两层，每层配有火炮二十台。它的特点是速度快，定位准确，攻击火力强。按照今天出行的舰队规模，应该配有六艘这样的中型攻击舰。”

小伙子这次是真的佩服起眼前胖乎乎的小孩的爸爸了，没想到他知道这么多，数据记得这么准确。于是又急忙问：“那艘小型攻击舰呢？”

“小型攻击舰长三百米，宽一百米。它的特点是速度快，行动灵活。里面的空间大，一艘可以承载士兵两百人，适合近距离作战。这次配备四艘小型攻击舰就足够了。”

“为什么？”小伙子继续追问。

“攻打一个小小的高星，四艘小型舰已经足够，用不着花费大力气。我估计这些大型护卫舰过去，也就是走走过场，根本不用打，高星就会投降。”爸爸胸有成竹地说。

忽然小孩大声说：“爸爸！你看，那个人多威风啊。”爸爸和小伙子都转眼看去，见到这次出征的主角——华军磊舰长，他穿戴整齐，昂首阔步地走向指挥舰。“爸爸，我长大以后，也要像他一样。”

华军磊走到船舰旁，向卢将军敬了一个军礼，又握手道别：“将军，请回吧！我这次一定不辱使命，保证完成任务！”

“我相信你的实力。不过，我还是要提醒你，小事自己做主，一旦有重大变故，一定要及时上报。”

“是，将军。”华军磊说完，向卢将军再次行了个军礼，转身走向船舰甲板。

副官郝非凡和参谋李顺东已经在船上等待了。见华军磊上来，齐声道：“报告舰长！本次出航，共有赤龙号星际母舰一艘，大型护卫舰七艘，大型医药舰一艘，中型护卫舰六艘和小型攻击舰四艘，另外，还有四艘星际矿产开发船。船舰全部到位，请指示！”

华军磊站在航母上，注视着威武挺拔的战舰，胸中的豪气油然而生，朗声说：“起航！”

当华军磊舰长出发的时候，在遥远的南部星域，一艘矿产开采船也出发了。船上有七个人，他们都是古星星民，以开采矿石为生。他们此行的目的地正是红石星。

“队长，你看，红石星怎么裂开了？”当他们赶到目的地后，一个精瘦的船员发现了异常。

队长身材高大，足有一米八，常年的星际间作业，直接暴露在恒星强光下，让他的皮肤变得黝黑。他拿起望远镜看了看，心想前两天谣传的红石星爆炸分裂竟然是真的，既然来了，不能空手而归啊，红石星的优质矿藏正好都暴露出来。“不用管他，继续开采，这一趟够我们赚上一笔了。”

当他们停好船只，架设开采工具的时候，忽然远处传来警报声。船员们大惊，这是高星军队的警告声。他们都看着队长，等待他的命令。

队长也听到了警告声，大声说：“这是我们的星域，不用怕，继续开采。”

不一会儿，一艘船舰降落下来，甲板上站着几个又黑又瘦的士兵。最前面的是一个小眼睛，相貌猥琐的中年人，穿着简单的军服，敞开着怀。他对采矿船上的人喊道：“前面的人放下工具，停止作业！这是我们的星域，你们没资格开采！”

开采队长见他们越来越近，发现竟然是高星的船，问道：“红石星是古星的，什么时候成你们高星的了？”

“哎哟，还敢顶嘴，给我抓住他们，没收他们的工具。”猥琐军官命令道。

士兵们接到命令后立即下船，拿着枪支冲了上去。采矿船试图反抗，但他们毕竟不是职业军人的对手，每个人都在对抗中受了点轻伤。黑瘦的军官得胜后得意扬扬地拖着采矿船回去了。

几个星时后，采矿队被扣押的消息就传回了古星，它点燃了古星星民的怒火，全星一片沸腾，激进派强烈要求马上惩罚高星。多位大臣上书皇帝，强烈要求对高星开战。

高星随后迅速出动采矿船挖掘红石星子星矿产，并派出一艘将军级星舰护航。很快红石星最大子星上大部分建筑物被推平，原本的古星旗被高星旗取代。高星矿工们开着挖掘机，排成长队，走出采矿船。不时有新到的采矿船降落，还有几艘满载矿石原料的采矿船，在发动机的轰鸣声中驶离。

护航星舰并没有跟上去，他们刚刚收到军部命令让他们驻守子星，建立军事基地。这让这艘舰的舰长很疑惑。在他看来，小小的子星并不值得花费大力气去建基地。但是上面的命令必须执行，于是赶紧召集士兵开工。

第五章

太空中，一艘周身散发蓝色微光的碟形飞船正在高速飞行。飞船内，一个看起来大约二十五六岁的女子正坐在驾驶室的椅子上。她鼻梁高挺，长着一双灵动的大眼睛，扎着马尾辫。她叫华军倩，是一个私人探险队的队长。她大声命令："启动加速器！"

远处的螺旋状星系一下子被拉到眼前，高速飞行让舰体有些颤抖，女孩抑制不住心中的喜悦，扭头看向大雄和罗斯，"我们快到了！我们就要回家了！"

在她的左侧，皮肤略黑的女孩罗斯笑着点了点头。这是她们探险队跑得最远，离家时间最长的一次。看着窗外恒星散发出的光线，还是觉得飞船的速度有点慢。华军倩想着回家后就能见到奶奶，吃到奶奶做的美味饭菜，再次给飞船加速。

飞船几次加速后，华军倩赶到红石星所在位置，却发现那里空无一物。华军倩脑子"嗡"的一下，一片空白，她反复看了好几次星图，确定红石星真的消失了。

奶奶！华军倩开着飞船满心焦急地向四周搜索，期待红石星突然出现在眼前，却无意中发现很多小行星。华军倩记得离开家时这里还没有这些行星。她围着其中一颗行星绕行一圈，上面的建筑、风景看上去十分眼熟。

是红石星！她曾听其他探险队的人说过，某些星球一旦碎裂，四散的碎块会在极短的时间内重新变成一颗小星球，甚至某些景物还能被完整地保留下来，但上面的人会怎么样就不得而知了。

奶奶不会有事吧？她的眼圈一下子红了，急忙一颗星一颗星地寻找地标建筑。不知不觉竟来到高星的星域内。

眼前这颗行星要比刚刚搜索过的要大得多，搜索过程中，华军倩发现不时有采矿船起飞，大大小小的挖掘机遍布整个星球。起初她还以为是古星的采矿队，但地面一些建筑上却插着高星旗。华军倩顾不得其他，围着星球飞了一圈，找到了明显的地标建筑，她确定自己家就在这颗星球上。

她赶忙找到了自己家。降落后，她旋风般地冲进家里，客厅里并没有看见奶奶的身影。难道奶奶身体又不舒服了？华军倩转身奔向奶奶的卧室。卧室里很乱，奶奶并不在。华军倩大声呼喊奶奶，喊了半天却根本没人应。

大雄和罗斯跟着跑进来，大雄见华军倩神色焦急："队长，怎么了？"

"奶奶不见了！"华军倩心中万分着急。

罗斯说："发生了这么重大的变故，会不会撤离了？"

大雄也说道："我下飞船查看了一下，发现附近的几栋建筑里好像都没有人。"

"去检查一下。"华军倩跑进隔壁王婶家，找了一圈，也没找到人。走出来后，她看到王婶家不远处有两个高星士兵正在搭建一个支架。她不管不顾地跑到两名士兵面前，质问道："你们在这儿做什么？"

高星士兵看到华军倩，警惕地问道："你是谁？你怎么在这里？"

"别管我是谁，快告诉我这里的居民去哪里了？"

高星士兵并不理会华军倩的提问，一前一后将她夹在中间，很不客气地说道："红石星现在是高星领土，你代员马上离开。"

"这是我的家，凭什么让我离开！"高星士兵的蛮横激起了华军倩心中的怒火，三人拉扯起来，华军倩一时气愤动了手，等她收手时两名高星士兵已经被打昏了。她还抱怨道："就这素质还当兵呢，一点都不禁打。"

等到大雄和罗斯赶来，看着倒在地上的士兵，罗斯问道："队长，这是……"

"这两个家伙想把我赶走，奶奶的失踪一定与高星人有关。"

"弄醒一个问问不就知道了。"大雄找了一盆凉水照一个士兵脸上泼了下去。高星士兵居然没反应，再泼另一个，依然没反应。大雄盯着华军倩，华军倩有点不好意思地说道："刚才他们把我惹恼了，那个……下手有点重。"

大雄无可奈何地摇摇头，替这两个倒霉的高星士兵感到可怜：你说你招惹谁不好，非要惹这位姑奶奶，这下好了吧，少说也要在床上躺十多个标准星天了。

"那就再抓一个好了。"华军倩根本就没将高星的士兵放在眼中。三人赶紧将昏迷不醒的士兵拖到附近一个新挖的矿坑里藏好，然后带罗斯躲进暗处搜寻落单的士兵。在一条东西向的公路上，军用运输车一辆辆飞速驶过。突然有一辆车靠边停了下来。

一个黑瘦的中年男子下了车，快步走向公路旁，对着路边的野草丛解起腰带来。华军倩和大雄对视一眼，小心翼翼地匍匐过去，在他提起裤子转过身的瞬间，同时朝他扑去，将其按倒在地。

男子大叫一声，拼命挣扎着向前爬。华军倩赶紧捂住他的嘴，和大雄一起将他往草丛里拖。男子的叫声惊动了运输车里的司机，司机转过头正好看到小队长被人拖进草丛里，他跳出驾驶室，朝天上放了一枪。

听到枪声，华军倩赶紧招呼罗斯回飞船，身后再次响起枪声。高星人已经追来了，不能将他们引向自己的飞船。华军倩果断调整方向，向另一边跑去。没跑多远就看到公路北边有一个圆柱形建筑，三人带着那名小队长跑过去。

在华军倩和大雄的威胁下，小队长打开了指纹锁，进入建筑内，照明设备瞬时启动，三人看到大大小小的黑色木箱堆积成一座座小山。一股浓重的机油味迎面扑来，华军倩好奇地打开身边的一口木箱，见里面码放着一盒盒的军用罐头。问小队长才得知这是一个新建的临时仓库，食物、军械和油料都存放在这里。

华军倩让大雄将小队长拖到仓库的一个角落里，开始询问红石星居民的下落。原来不久前红石星爆炸之后，其中最大的一块被冲击波带到了高星星域内。高星发现这颗子星有着丰富的资源，便派采矿船对这颗子星进行开采，同时派兵驱散了原有居民。

从小队长提供的信息来看，奶奶很有可能坐着别人的星舰离开了红石星。华军倩这才稍微安心了些，但高星人的所作所为让她十分愤怒。外面漫山遍野的挖掘机和一架架采矿船正在疯狂掠夺原属于古星的矿藏。她转身盯着被打开的箱子，一个想法冒了出来。

我炸了你们的仓库，看你们还怎么待下去！

华军倩说干就干，她从大雄手里要来小队长的配枪——一把能量武器，朝眼前的物质箱射去，一道白光闪过，木箱子上腾起一股白烟，接着一个橘红色小火苗冒出来，越烧越旺，发出噼噼啪啪的声响，一道道火舌将木箱子包裹住，里面的罐头受热膨胀，纷纷爆裂，罐头里的油又成了助燃品，火势更大，火焰蹿到半米高，扑面而来的热浪让华军倩不禁后退了一步，熊熊燃烧的火焰光将他们的脸映成了橘红色。

火势迅速扩大，仓库的警报器响起，小队长嘴里叫着“要爆炸了，要爆炸了”，没命地跑了出去。华军倩心满意足地笑了笑，三人也转身向外跑去。

四人刚跑出仓库，就听身后接连不断响起剧烈的爆炸声，气浪将仓库的顶棚掀飞，华军倩回头望去，仓库变成了一个巨大的烟筒，上百米粗的黑色烟柱直冲天际。烟柱中，不时有红光一闪而逝，便又有爆炸声传来。华军倩这才意识到自己做得有点过了，高星人肯定不会放过她。

大雄敲晕了高星小队长，华军倩和两个同伴拼命向飞船跑去。仓库终于在爆炸的冲击波中彻底坍塌，炸飞的箱子碎片溅到了仓库北面的油罐车下，火苗引燃了地面上残留的汽油。

跳跃的火苗在油面上迅速扩张，火舌不停灼烧着上面的油罐。“轰”的一声巨响，爆炸的油罐瞬间变成一个橘红色的大火球，并引燃附近的油罐形成数十个火球，停在附近的一艘星舰不幸受到波及，也变成了大火球。

高星舰长正在新搭建的指挥部里悠闲地喝咖啡，士兵向他报告有人闯入。他起初没怎么在意，谁知就一会儿工夫，仓库被炸了，还没回过神来，自己的星舰又燃烧成火球，他狮吼道："给我找！赶快把他们给我抓来！"

子星上的所有士兵和矿工都停下手中的活儿，开始搜寻起入侵者来。在地毯式的搜索下，他们很快就发现了华军倩等人的踪迹。高星舰长亲率大军追了过去，但还是晚了一步。等他赶到的时候正好看到华军倩驾着飞船冲上天空。他不甘心地举起枪朝飞船放了几枪，直到飞船消失在他的视线之中，他才气急败坏地向上级报告了损失。

一口气跑到太空后，华军倩不明白为什么高星人没有追过来。她造成了那么大的破坏，就这么放她走了？探险船的警报声打破了她的思绪，华军倩查看扫描仪，只见六个红点结成一个环，将探险船围在中间。华军倩心道不好，向下加速，想逃出对方包围，却发现对方的速度要比探险船速度快得多。华军倩无奈地被高星军舰逼回了子星。

高星总统会议室内，两个人分坐在长桌两边，高星总统范剑三世正皱着眉，盯着手中的文件，似在做着什么艰难的决定。对面的黑人悠闲地喝着咖啡，食指不停地叩击着桌面，发出"哒哒"的声响。

"克里斯特使，在事成后取得红石星矿产的优先购买权完全没有问题，但贵方在红石星上建立军事基地……"黑瘦男子放下手中文件说。

"哦，有什么问题？"

"没什么，只是在红石星上建立军事基地有些不合适吧？"范剑三世想了一会儿说。

"不，你不应该如此短视。"克里斯接着说，"我在这儿建立军事基地，不仅能帮你抵御来自古星的威胁，还能帮你震慑你的邻居，一举多得，何乐而不为呢？"

"这个……"范剑三世还是有些犹豫。

克里斯站起身，摇了摇头："哎，真可惜，做不到的话我们只有下次再合作了。”

范剑三世清楚一旦少了五十二联邦的支援，对付古星绝没有半分胜算。然而一旦同意了对方的要求，就等于将红石星这块大肥肉拱手送给了别人。可事情发展到这一步已经没有办法回头了，古星舰队已经向红石星子星驶来。

“好吧，我签字。”范剑三世一咬牙，迅速在文件上签了名字。

克里斯笑着把文件拿过来：“放心，我的顾问团队很快就到，第一批重要物资已经抵达。合作愉快！”

高星非大港，数艘来自五十二联邦的大型星际运输舰降落在商用码头，上百辆军用运输车在等候装货，数千名士兵在搬运星舰上的木箱。装车的士兵一不小心，一个箱子摔在地上，一只金属胳膊露了出来。

华军磊得知古星采矿船被扣留后，便命副官郝非凡指挥六艘小型光筝充当先锋，以最快的速度往红石星子星赶去，以确保矿工的生命安全和合法权益。郝非凡一路上不停加速，越靠近红石星子星，窗外红石星爆炸形成的碎星就越多。

当先锋舰行驶到碎块形成的小星球相对集中的地方时，竟发现小星上有许多采矿船进进出出。郝非凡派一艘小型舰前去侦察，发现所有采矿船都是大林星的。郝非凡当即命四艘小型光筝对这些采矿船进行驱赶，同时准备将这些小星球拽到一起。六颗小星球刚拉回一颗，负责在附近侦察的一艘小型光筝向郝非凡发出预警：大林星方向，正有五十六个不明飞行物朝我方飞来。

“迅速查明，向我报告！”郝非凡听到消息有些兴奋，不明飞行物很可能是大林星的飞船，这些不知死活的家伙居然敢打古星的主意。老虎不发威你还当我是病猫了，这次非要给你点颜色看看。他的心中已经拿定了主意。侦察舰发回信息：“报告长官，已经确定不明飞行物是大林星军舰，共有四艘将军级怒涛系列战舰，剩下的五十艘都是武士级格鲁系列。”

郝非凡听完，冷笑了一声，“所有战舰，准备迎战！”

第六章

大林星的舰队与古星的先锋队僵持在红石星的子星上空，谁都不肯让步。古星先锋队队长郝非凡部署好战斗准备后，走到光筝的控制台前，通过扩音器对外面喊道："大林星的人听好了，这里是古星的领土，你们必须迅速撤离！"

见对方没有回应，郝非凡继续喊道："否则我们将使用武力！"

听到此，迫于武力的威慑，大林星人做出了回应："这些碎片是我们大林的，你们无权干涉！"

郝非凡紧紧握着拳头，手上青筋暴起。驾驶台边的士兵问道："队长，要不要开火？"

"等我命令。"依照郝非凡的脾气，早就开火了，可眼下情况特殊，除非是万不得已，绝对不可以先开火。

郝非凡继续喊道："大林星人，我们的忍耐是有限度的……"话刚说到一半，只感觉光筝内一阵晃动。士兵喊道："他们发动袭击了！"

"迎战！"郝非凡命令发出，光筝内又是一阵剧烈晃动。

"队长，大林星的四艘怒涛级星舰开火了，光筝的护罩被敌人打破！"驾驶员检查之后立刻报告损失。

"二号和三号光筝掩护，一号脱离战斗！其他光筝，全力开火！"郝非凡愤怒地下达了攻击命令。

光筝外面的护罩，能抵御一定的攻击。如果不是大林星四艘星舰突然袭击，护罩不会损坏。看来大林星的可恶家伙早就做好了准备，上来就对指挥舰下手。失去了护罩的光筝只有退出战斗，这让好战的郝非凡心中郁闷极了。再看看大林星的飞船，都是些早就该被淘汰的老式星舰，光筝居然被这些爷爷级的星舰击伤，传出去估计会被人笑掉大牙。

大林星的突然袭击使得他们占据了上风，古星光筝猛烈反击，但毕竟先锋队数量有限，暂时处于下风。

在友舰的掩护下，郝非凡的一号光筝撤到队伍后面，有士兵报告：

“队长，我们的能量系统受损，动能不足。”

担心的事情还是发生了，郝非凡盯着前面交战的双方，头也不回地问道：“还能维持多久？”

“最多半个星时，之后我们将失去动力。”士兵说。

郝非凡打断他：“我知道了，派人维修，通知各光筝，火速解决战斗！命令所有炮手开炮。”好不容易遇到一场真枪实弹的战斗，一炮不发可不是他郝非凡的风格。虽然光筝失去了护罩，但他相信在友舰的掩护下，大林星的低级星舰根本无法突破防线靠近。

战斗一下就进入白热化阶段，双方火力全开，大林星五十艘快散架的星舰也加入了战斗，战火映亮了红石星碎星周围的星空。

“六号光筝，发动突袭！”郝非凡只能在受伤的一号光筝上指挥战斗。虽然对方的战舰老旧，但是它们在数量上占据了优势，而且，其中两艘体形庞大的星舰的激光炮威力最大。

“四号，避开激光炮！”郝非凡盯着前面的控制屏幕说。

交战初期，双方隔着一段距离相互射击，战局突然异变，大林星一艘武士级星舰加速朝着古星方而来。郝非凡心道不好，它有可能想要发动自杀性袭击，马上下达命令道：“三号，马上进行机动，不要让大林星星舰靠近。”

三号光筝得到命令，迅速闪躲，大林星战舰试图追击，可是双方机动能力相差太多，三号光筝轻易就甩脱了敌舰。但是它已经闯入了古星阵营。这样千载难逢的机会怎能错过，它很快就锁定了新的目标，以最快的速度向一号光筝撞来。

大林星方战舰老旧的机体早就破败不堪，在高速运行下不断有机体脱离星舰。就是这么一艘破舰，一号光筝一个闪躲不及，被撞到了左侧，光筝一阵剧烈地摇晃，一侧被撞出一个大洞。郝非凡大怒道：“消灭它！”

随着郝非凡命令发出，古星一号、五号光筝对准不速之客一阵猛烈炮轰。随着“嘭”的一声，大林星星舰剧烈地晃动，乌黑的烟从舰身冒出。火苗猛烈地燃烧起来，一阵猛烈爆炸之后，星舰带着一团浓浓的黑烟坠落下去。

郝非凡刚喘了口气，马上就有士兵来报：“报告！二号光筝负伤，失去动力！”

郝非凡的眉头皱在一起，他看了下那个士兵：“立即抢修，无效就强行登陆！”

二号光筝的护罩被击破后，发动机中弹，里面燃起大火，而且火势越来越大，逐渐难以掌控。

里面的士兵做着紧张的灭火营救工作。空战实际上已经接近尾声，大林星的星舰虽然占据数量优势，但完全不是古星光筝的对手。有的星舰只被古星击中一炮，就彻底失去了作战能力。星舰的战斗主炮还炸了膛。最可笑的是一艘星舰因为高速机动，自己解体了。郝非凡都有些哭笑不得，这让他怎么写作战报告啊，可以算在战绩里吗？

大林星的星舰已经构不成威胁，下面要解决的就是大林星在碎片上修筑的炮台和工事，必须进行登陆作战。既然已经开战了，当然要一并解决。郝非凡下达命令：“所有先锋舰做好登陆准备，我们夺回这个子星！”其他五艘光筝得到命令后，迅速做好了登陆准备。

红石星碎片上的大林星人正在利用防空炮攻击空中的六艘光筝，忽然发现光筝下多了很多黑点。侦察员看到后大叫：“是登陆艇，古星人要登陆了！”古星登陆艇像是一个大大的灯笼，眨眼间，三十艘登陆艇一起朝着古星碎片而来。

大林星的防空指挥官歇斯底里地大叫：“开火！开火！别让它们靠近！”

地面部队马上动员起来，无数炮弹朝着空中打去。古星登陆艇依靠体积小和机动能力强的优势，轻松地躲开了防空炮。

眼看着登陆艇不断靠近，大林星防空指挥官对着正在开炮的士兵大喊："打，快给我再打！"

"嘭——嘭——！"又是几颗炮弹打出，直奔古星方的阵营。

郝非凡自然也在登陆艇中，这种真刀实枪的战斗怎么少得了他。大林星地面部队的顽强倒是让他有些意外，但也只能算是一个小插曲，郝非凡通知后面的光筝："干掉子星上的炮台！"

半星分后，随着"轰隆"几声巨响，古星光筝上的主炮响了起来，子星表面浓烟滚滚，原先建造在那里的防空炮台被彻底地抹去。

"兄弟们，冲啊！"郝非凡见时机成熟，向子星表面发动了冲锋。地面上空的浓烟已经消散，眼看距离子星越来越近，郝非凡所在的登陆艇一阵剧烈地摇晃，里面的二十个人被晃得东倒西歪。

郝非凡急忙站起身控制登陆艇躲避炮火，其他人也陆续站了起来。登陆艇又是一阵剧烈地晃动，郝非凡控制登陆艇以S形前进。大林星军队见有登陆艇靠近，大口径机枪也开始射击，不断有子弹打在登陆艇朝前的甲板上，发出清脆的响声。

"大家做好登陆准备！"郝非凡寻找到了合适的登陆点，在距离目标二十多米时下达了命令。这时更加密集的子弹射击过来，登陆艇内的士兵开始还击。

"集中火力打第一艘登陆艇！"大林星指挥官已经杀红了眼，他已经意识到战败在所难免，但是他死也要拉上几个垫背的。

炮手瞄准登陆艇连着几炮轰出，其中一炮刚好打中登陆艇装甲最脆弱的侧面，艇身剧烈摇晃起来。指挥官很满意地看着那艘登陆艇在空中翻滚了两圈，然后直冲冲地坠落在地。

"继续给我打！瞄准侧面打！"指挥官恶狠狠地说道。

郝非凡所在的登陆艇坠地后，里面的人摔得东倒西歪，感觉内脏都碎了一样。郝非凡的头部不知被何物猛烈撞击，好不容易才睁开了眼睛。一股鲜血从头上流下，郝非凡随手擦了一下，手上沾满了血。其他人怎么样了？郝非凡心里一紧，看到一个士兵慢慢地爬了起来。

“你还好吧？”郝非凡忙问。

“我没事，队长，你的头流血了。”

“小意思，快看看其他人怎么样了。”郝非凡一个个地检查着。刚才一炮轰到了登陆艇的左侧，遭到了重创，郝非凡翻开一块钢甲，将下面的士兵拖出来，“怎么样?伤得重吗？”

受伤的士兵痛苦地呻吟了一声，看到面前的郝非凡，强忍着伤痛说道：“队长，我没事。”

郝非凡环顾四周，二十个人的登陆艇只有八人活了下来，其中两人重伤，失去战斗力。将死伤的士兵安置好后，郝非凡望着不远处的战场，喊道：“兄弟们，为死去的兄弟报仇！”

“跟他们拼了！”朝夕相处的战友阵亡激起了这群汉子的血性，大喝一声之后，他们拿着五雷机，红着眼睛冲了出去。古星其余登陆艇登陆成功，古星战士以二十人为一队，攻向大林星阵地。

郝非凡带着手下刚冲出一段距离，一颗炮弹从他们头顶上飞过，郝非凡马上判断出了弹着点，心中暗叫一声不好，正是他们的登陆艇。不等他做出反应，身后传来轰隆一声。他回头望去，登陆艇被炮弹击中，连同两名没来得及转移的士兵，化成了一堆废铁。

“欺人太甚！”郝非凡愤怒到了极点，他紧咬钢牙，转身冲向了战场。剩下的六名士兵眼中闪烁着寒光，紧随其后。与此同时，空中的光筝基本结束了战斗，掉转炮口，开始攻击子星上剩余的炮台。

在古星部队猛烈的攻击下，大林星军队土崩瓦解，刚才还耀武扬威的防空炮，一个个没了动静。郝非凡带着六名士兵冲进了大林星地面指挥部，结束了战斗。

在这场冲突中，古星军队击落了大林星的两艘战舰，俘获了五十八名大林星士兵。而古星方面杨华芳、曾德造等十八位士兵在战争中光荣牺牲。战争以古星胜利为结局，古方夺回了红石星在大林星附近的六颗子星的控制权。

以郝非凡为首的先锋队经过简单休整之后，继续前进，目标直指红石星母星。

古星与大林星之间争夺红石星子星的局部冲突被酷悟星际法庭报道出来，在酷悟星系各个星球引发了不小的轰动。

在古星都城一个名为“老古餐馆”的小餐馆门前挂着这样一条横幅：为庆祝与大林星的对抗战争胜利，到本店就餐满一百元送一百元就餐券。

现在正是中午吃饭时间，附近的人都到老古餐馆来吃饭，今天店里生意出奇的好，服务员忙得不可开交。一个五十多岁、略微有些秃顶的中年男人微笑地招呼着客人。他便是店里的老板——老古。

靠窗一桌客人的谈话吸引了老古的注意力，见是熟人，他走过去坐了下来。

“我说古老板啊，咱们古星一开战，你这生意好了很多嘛。”

“那是当然，古星终于扬眉吐气一回，谁不开心啊，开心自然要到老古餐馆吃大餐了。”

另一个顾客说道：“你这满一百还送一百的就餐券，今天吸引了这么多人，赚了多少？”他的表情明显就是说，我知道这里有猫腻，你可别哄我。

老古挠了挠头：“看你说的，你今天相当于花五十块钱吃到一百块钱的东西。”

“问题是，你这饭菜也就值个五十块。”

“可以前卖一百块的，现在是在做赔本买卖。”老古心里有些不高兴，这些人也真是的，得了便宜还卖乖。

看老板有点不高兴，顾客马上转移话题。“关于这次冲突，大林星政府说古星是用了庞大的舰队，双方力量悬殊太大才导致战败，真是这样吗？”

“哪有，刚才新闻还说那是大林星当局为了掩盖失败找的借口，被星民识破了。”

老古连连点头：“就是，大林星太不要脸了，我们先锋队就六艘光筝，他们也好意思说。”

“据说，大林星的后台是伊星，不知道伊星方面会有什么反应？”

“伊星好像没什么，报道上也似乎挺客观。”

老古忽然想起一个问题，说道：“大林星属于南线联盟，南线联盟其他的星球怎么看这件事？”

“那边暂时还没有消息。我觉得南线联盟的其他星球很谨慎，在这敏感时期，万一说错什么，把战争引向自己总是不好。”

周围陷入短暂的沉默中。过了会儿，有人问道：“你们说，我们古星还会不会继续打？”

“不知道，我觉得不会了。”

其他人则纷纷表明会打，因为和大林星的战争只是个开始。其他星如果霸占着红石星的子星不放，冲突还会爆发。

看着大家你一言我一语地争论着。老古忽然又有了灵感，大声说道：“各位，听我一句！”大家一下安静下来，看这个胖老板又想到了什么主意。

“我们今天打个赌吧，我赌古星会打高星，而且能打赢。各位作证，如果真如我所说，打胜那天到我店里吃饭，你吃一百块钱，我返一百现金。”

“好，一言为定！”

第七章

郝非凡解决掉大林星的事情之后，马上带领着先锋舰队往高星的方位赶去。从红石星分离出来的最大一块碎片形成的子星落在高星附近，击败大林星的事情想必已经在星系间传开，他希望高星识时务，这样他不费一兵一卒就能完成任务。

通信兵突然报告，“队长，华舰长要求和你通话。”

“马上接过来。”郝非凡昂首挺胸，站得像标枪一样笔直。

“郝副官，报告你的位置。”

“先锋舰队目前距离高星不到半个星天的航程，华舰长有什么指示？”郝非凡对华军磊敬了个军礼。

“停止前进，原地待命，等待主力舰队。”华军磊威严的声音传过来。

“可是舰长……”郝非凡还没把趁热打铁之类的话说出口，就被华舰长打断了。

“服从命令。”华军磊结束了通话。

十几个标准星时之后，“赤龙号”星际母舰顺利与先锋舰会合，郝非凡登上了“赤龙号”。在驾驶舱内，郝非凡见到了华军磊和参谋李顺东。他微微向李顺东一点头，算是打了招呼。虽说两人是同僚，又都是华军磊的左膀右臂。可他就是对李顺东没好感，这家伙实在太阴了，出的计策也是阴险无比，往往是莫名其妙地就中招了，一点都没有男子汉的光明磊落。偏偏这家伙总喜欢对人微笑，标准的笑面虎。

“舰长，发生什么事了？”郝非凡满腹疑问，一见到华军磊就开口询问。

“没有，只是皇帝希望尽量以和平的方式解决争端，以五十二联邦为首的星球向古星施加了很大的压力。”华军磊对郝非凡说。

“又是五十二联邦？”郝非凡的口气中充满了鄙夷和愤怒。五十二联邦已经不是第一次这么干了。

“是的，正因为五十二联邦，所以我们要谨慎。”华军磊说。

“那现在我们怎么办？总不能就等在这里吧？”郝非凡不满地说，“再等红石星就被瓜分完了。”

“在来之前我与李参谋讨论过了，让舰队后面的矿监船先去和高星方面接触一下，我们伺机而动。”

“矿监的人去了能干嘛？他们那点本事也就能吓唬得了采矿船。”郝非凡鄙夷地说。

“我会跟矿监的兄弟一块儿过去，趁机搜集一下情报，知己知彼方能百战不殆。”一直微笑的参谋李顺东开口了。

华军磊点头说：“这样也好，到达红石星子星后，你随机应变。”

“是，保证完成任务！”李顺东收起笑容，严肃地敬了一个军礼。

“舰长，要不我也去吧？”郝非凡是个闲不住的人，跟李顺东在一起，也比待在舰长身边好啊。

“你就不用去了，老老实实地写你的作战报告吧。”华军磊拒绝了郝非凡的请求。

李顺东正要去执行任务，华军磊又想起了什么，从怀里拿出一张老照片，对李顺东说：“李参谋，你这次去红石星子星我还有一件私事要麻烦你……”

听华军磊这么一说，郝非凡和李顺东有点意外，在他们印象中的华军磊一直是公私分明，今天居然有私事要麻烦李顺东，自然十分惊讶。

看到左膀右臂用奇怪的眼神看着自己，华军磊苦笑地摇了摇头。他把照片递到李顺东手上，说：“李参谋，麻烦你帮我留意一下照片上的这个人。如果有她的消息，请马上通知我。”

照片上是一个头发花白的老妇人，看起来有六十多岁了。李顺东从来没见过这个人，他不解地问：“舰长，这位是……”

“她是我的奶奶，我从参军后就再也没见过她，之前她一直生活在红石星上。”

李顺东用力点点头，说：“舰长放心吧，我尽力把华奶奶找到。”

“我还有一个妹妹，应该跟我奶奶在一起，也拜托你留意一下。”

半个星时之后，李顺东换好了矿产监督处的制服，混在其中一艘矿监船里准备潜进红石星子星。

星时22012年双月10日，古星一个由十二艘采矿船组成的采矿小队在太空中遭遇了突如其来的陨石袭击。为了躲避陨石雨，采矿小队迫降在高星附近一颗新形成的行星上。不过他们没有想到，他们藏身的地方正好是现在备受关注的红石星分裂出的碎片。因此才刚着陆，他们就被高星的星舰盯上了。

高星星舰一直在红石星子星的附近巡逻，突然有十二艘采矿船出现在他们的监视范围内，他们认出采矿船上的标志来自古星，所以高星星舰舰长——庞光将军，马上做出了一个决定，对这些采矿船进行登船检查。

高星的星舰并没有着陆，而是派出了一艘登陆艇。这艘登陆艇上一共有十二名高星士兵，由一名班长带队，其中六名配备了冲锋枪。登陆艇向着十二艘采矿船驶去，同时用艇上的扩音设备对采矿小队喊话。

采矿队的船员们受到了惊吓，他们看到荷枪实弹的高星士兵站在面前时，完全没有做出任何反应。只有一个像是采矿队队长的人出来与高星班长交涉。

“各位长官，请问我们有什么问题吗？”队长模样的人强装镇定，但是神色中还是有掩饰不住的慌乱。

班长挥挥手，其余士兵马上分成两组，强行登上了其中两艘采矿船，不顾船员的阻拦，在船上搜索起来。

采矿队的队长连忙说：“各位长官，你们不能这样，星系公民的合法权益受仲裁法庭的保护，你们不能随便搜查我们的船只。”

高星士兵根本不听采矿队长的诉求，一把推开他：“少啰嗦！你们的采矿船非法停靠在我们的星域上，我怀疑你们在偷采本星矿产，现在要对你们采矿船进行检查。”

“可是，我们没有在这里进行开采作业，只是躲避陨石雨，请长官不要难为我们。”队长不敢争辩这是古星的星域，为了自己和同伴们的性命，他向班长求情。

“有没有偷采检查过了才知道。”高星班长说完这句话，把头转向一边，不再看采矿队长。

这时几名士兵从船上走了下来，一名士兵手上拿着一块紫色的石头，那是一种比较常见的金属矿石。士兵将矿石交到班长手中，不久另一名士兵又把一块同样的石头交到他的手上。

“看到了吗？这些矿石就是你们非法开采的证据，你们在我们的星域范围内开采，是对我们主权的侵犯，你们还有什么好说的。”班长义正辞严地说。

“可是，这些矿石真不是在这里开采的，我们只是来躲避陨石。”采矿队长眼见事情越来越难以说清，心里着急地重复了一遍刚才的话。

班长并不理会采矿队长的解释。他挥了挥手里的枪，喝道：“不必多说，现在要拘留你们，最好不要反抗，不然有你们好看的！”

采矿队长无可奈何，只好带领手下乖乖地配合。

第八章

李顺东跟着矿产监督船往红石星子星进发，用了五六个星时，便靠近了目的地。矿监船船长提醒李顺东：“李参谋，你过来看一下，子星那边好像停了一艘高星星舰。”

李顺东赶紧走到成像系统前，果然有一艘星舰正停在红石星的上空。他认出那是高星的一艘将军级星舰，是高星几年前从五十二联邦那里买来的。

“高星星舰怎么会出现在子星上空？难道那里发生了什么事情？”李顺东心中疑惑，对船长说，“船长，麻烦你让船尽快靠过去。”

船长马上让整支船队加快了航速，往红石星子星上靠拢。随着距离越来越近，高星的星舰也发现了矿监船，从他们的星舰中又放出三艘小艇，朝四艘矿监船迎面开来。

高星的小艇逼近矿监船后停住，挡住后者防止其再上前一步。李顺东心中刚刚觉得不妙，对方就有人朝着他们喊起了话：“前方的船只请注意，你们即将进入高星星域，高星星域神圣而不可侵犯。”

李顺东和船长对视一眼，看起来高星的胃口不小，真的想把红石星子星占为己有。船长按下控制台上的一个绿色按钮，说：“红石星子星是古星的一颗卫星，它自古便是古星领土的一部分，你们必须马上退出。”

高星的小艇安静了一会儿，接着喊话说：“按照星际仲裁法的规定，凡是处于星球轨道上的行星，都属于该星球。现在子星在高星的星域里，那它就属于高星。”

船长不甘示弱：“星际仲裁法同样规定，属于星球轨道上的卫星，无论日后轨道发生怎样的变化，主权依然属于最初所属者。请贵星不要再挑衅古星的主权。”

这次高星的小艇回击很快：“在子星的主权归属问题上，我们决不让步。”

李顺东站在船长旁边，他知道这样跟高星谈判根本没有意义，而且他隐隐觉得子星上有什么事情发生。想到这里，他悄声对船长说："船长，我们必须到子星上去，高星对我们百般阻拦，应该是想掩饰什么。"

船长点点头，暂时关闭喊话器，对另外三艘矿监船进行了呼叫，然后把情况简略地说明了一遍。"接下来我们要突破三艘小艇的拦截，到子星上面去，各船只注意安全。"船长把行动告知所有船员。

高星派出的小艇还在外面喊着话，船长没有理会他们，趁他们不备，最前面的一艘矿监船突然斜刺里冲了出去，接着，在对方没能及时反应的瞬间，另外三艘也从不同的方向突破了拦截。

高星的小艇仅愣了一下，马上就掉转方向追了上去。不过他们始终慢了一拍，只能眼睁睁看着矿监船在子星上着陆了。

李顺东赶紧打开舱门，从矿监船内走了出来，他回头看了一眼身后的小艇，对方也跟在他们身后着陆。他还特别注意到，半空中的高星星舰又放出了一艘登陆艇。

不过李顺东没有在意这些。他看到在离他不远的地方，正停着十几艘古星的采矿船。采矿船员有近百名，全部一字排开站在采矿船前，十几个手持武器的高星士兵正跟其中一个船员说着话。

李顺东隐约猜到发生了什么，快步朝着采矿船走了过去。矿监船的船长也看到了那边的情形，跟在李顺东身后走过去。

还没走到近前，一名手持冲锋枪的高星士兵就把他们拦了下来。"你们是什么人？"士兵用枪口指着李顺东的脑袋。

李顺东用手把枪口拨到一边，说："少来这套，把你们的长官叫来，我有话要问他。"

士兵把枪放下，上下打量着李顺东，说："你是古星矿产监督处的？正好，我们抓到你们有人在我星非法盗采，我们也有话要问你们。"

士兵向上级联络之后，又一艘高星的登陆艇在远处停了下来，一个穿着将军服的男人走了过来。士兵马上敬礼："将军，抓到盗采人员九十二名，收缴非法矿产若干。”

这个将军正是高星派出来全权负责红石星子星事务的庞光将军，他对士兵点点头，又看向李顺东和船长，说：“你们两位是……”

矿监船长指了一下制服上的文字，说：“我代表古星矿产监督处，我叫张卫青。”

庞光将军盯着李顺东，说：“那这位呢？”

李顺东字正腔圆地说：“我也是矿监处的。李顺东。你知道不知道你们不可以扣押我星矿民？”

“李先生，请你注意用词，我们也是依法办事，你们的矿工在我们的土地上开采矿产，按照星际准则，我们不应该扣押他们吗？”庞光大言不惭地说。

“你们的土地？”李顺东感到好笑，“红石星自古就是古星的一部分，何时成了你们的土地？”

“但是红石星已经解体了，这块最大的碎片落到了高星的轨道上，它就是高星的固有领土。”庞光不紧不慢地说。

“庞光将军，请你注意，你们这是完全无视古星主权，无视星际仲裁法——你们是想挑起战争吗？”

“不不，我们当然爱好和平，我们从不主动发起战争。但我们也不畏惧战争。”

李顺东觉得跟庞光对话完全是浪费口水，他环顾四周，发现红石星上原本的建筑已经都被拆得差不多了。除了被扣押的船员，他没有看到其他的古星人。

“庞光将军，原来生活在红石星上的居民都到哪里去了？也被你们扣押了？”李顺东想起了华舰长嘱咐的事。

“当然不是，他们都是守法公民，但因为他们没有高星星籍，我们已经把他们遣散了，具体去了哪里我也不清楚。”

李顺东听到这话一时也不知如何再问华舰长奶奶的事，他厉声道："那请庞光将军马上将扣押的矿工全部释放，包括之前被你们扣押的人，一个都不能少。"

"实在不好意思，负责处理盗采矿产的部门不归我管，我没有权力释放你们的人，不过我可以帮你求求情。"

看庞光毫无诚意，李顺东知道再这样谈下去也没有意义，他看了庞光一眼，转身走回矿监船内。船长见状也跟着返回船舱。李顺东把这边发生的事情简单地向华军磊做了一个汇报。

"李参谋，我拜托你的事情……"华舰长在最后问李顺东。

"华舰长，子星上可能已经没有居民居住了，高星已经把原来的居民全部遣散，暂时无法确定华奶奶的去向。"

华军磊神色一暗，继续说："李参谋，谢谢你，剩下的我自己会处理。你继续关注事情动态，及时向我报告。"

"是！"李顺东回答道。

李顺东带着矿监船跟庞光对峙了整整一下午，什么结果也没有。眼看天要黑了，李顺东提出要求，庞光必须为扣押的矿工提供晚饭，否则就要以虐待罪把高星告上星际仲裁法庭。

庞光找不到拒绝的借口，只好答应。很快，按照李顺东的要求，一艘运输舰给滞留在子星上的矿工们送来了晚饭。看着矿工们都填饱了肚子，李顺东才返回矿监船，跟矿监处的同事们一起吃难以下咽的压缩食品。

事态的发展比李顺东和庞光想的要复杂得多。第二天，古星的外交长官召开了新闻发布会，严肃提出高星侵犯了古星的主权，同时督促高星停留在红石星子星上的星舰尽快离开。但是高星并没有做出反应。

到了第三天，星际舆论已经开始偏向于古星，高星迫于压力，终于决定让军舰暂时撤出子星。不过，他们的军舰刚刚驶离，四艘高星的空警船就降落到了红石星子星上。在这期间，李顺东一直在子星上与庞光进行协调，并随时把进展报告给华军磊。

谈判终于在第四天取得了成果，在李顺东的努力下，高星同意释放四月十日滞留在子星的十二艘矿船，不过对于之前扣押的那些矿工，他们并未答应释放。这天上午，十二艘采矿船缓缓地从地面上升起，然后驶离了子星。

李顺东看着采矿船开走，转身对庞光说：“庞光将军，希望贵星可以跟古星继续友好协商，希望我们永远不要在战场上碰面。”

庞光不置可否，转过头看向其他地方。李顺东也不再说话，转身钻进了身后的矿监船里。

对峙已经持续了一段时间，虽然高星把红石星附近的军舰撤走，但空警舰还在。古星方面也重新做了部署，除了原有的四艘矿监舰船外，又派来两艘光筝，先在阵势上压倒对方。

光筝从古星方向开过来，停靠在矿监舰的前面。新到的光筝轮廓比矿监船小一圈，从下面看，像一个飞行的风筝，上端纵向多出来一道隆起的“脊梁”，这个装置上面布满了大小不一的圆孔，这些圆孔可以利用光能给星舰提供源源不断的动力。相比其他星舰，光筝的“体形”略显单薄。但众所周知，光筝是攻击型舰船，它配备的中小型火器近距离杀伤力极强。

李顺东见光筝已经到位，舒了口气：“有光筝在，应该能震慑一段时间。”

华军磊在赤龙号上收到这一消息，想了一下道：“高星一直表现出强硬的态势，两艘光筝并不能改变什么，他们还将会有所动作。”

果不其然，光筝停靠不久后，高星方面也有了新的部署。一艘环境监测船驶到了子星的上空，加入到空警舰队。这艘星舰通体黑色，呈圆锥形，底部是一个椭圆，停在空中像一只巨大的萝卜。

郝非凡对它不屑一顾。华军磊将这艘星舰和高星其他的星舰做了一个对比，感觉风格上略有不同，不论从什么角度看，都有五十二联邦的影子："严密监视这艘星舰，别看模样丑，或许里面有大名堂。"

古星和高星双方都没有对增派舰船的事情做出说明，两方继续对峙。一面是有着威力巨大的火器装备，一面是有着先进的科技武器。双方就这么对峙着，直到被一艘破旧的采矿船打破。当初有十二艘采矿船为躲避陨石雨停靠在红石星子星上，被高星扣押，在李顺东的干预下，高星释放了十二艘采矿船。其中十一艘眨眼间就跑得没影了，只剩下一艘，就是停在红石星子星附近不走。郝非凡不止一次称赞，这艘采矿船的船员真有骨气，都是好样的。事实上这艘船不是不想走，而是走不了，原因很简单：船坏了！

"船长，我们什么时候能离开这片区域？"黑脸男人看一眼外面古星和高星对峙的星舰，小声地说，"我看这剑拔弩张的，是要打吧。"

"你去问问老六，故障什么时候能排除。"船长的心里也在打鼓，万一打起来，枪炮可都不长眼。

"我仔细看过了，暂时修不好。"走进来一个稍微年轻一点的男人，满身都是油污。

"一点办法也没有了？哪怕先离开这是非之地也好啊。万一打起来，我们岂不成了炮灰？"黑脸男人一边说一边跺脚。

六子瞪他一眼道："黑子你就不能少说一句，谁想待在这啊，船长可比我们还急。"

黑子看一眼一言未发的船长，低下头不说话了。船长转过身，看一眼大家道："都放心吧，我保证会把大家安全地带回古星。"

船长刚说完，外面传来了一声厉喝："你们是干什么的！打开舱门，我们要进行检查！"

黑子眉头一皱，向观察窗外看去，只见一艘高星的空警舰船正快速逼近，"又来了，这些高星人真是闲得没事干了！"

还没等船长回答，高星的空警舰船已经靠近："立刻停下接受检查。”

船长看一眼冲到了前面的空警舰船，心中的火气一下就上来了，再老实的人你也不能一而再，再而三地欺负人家啊，兔子急了还咬人呢。船长气愤地说道：“黑子，把船上所有舱门全部关闭。”

黑子愣了一下，道：“是，船长。”说完慌慌张张地跑出了驾驶舱。

“你们是干什么的？我们要上船检查。”对面空警舰船的舱门打开，五个荷枪实弹的空警出现在大家的视野中。

船长沉默一会儿，然后打开扬声器，喊道：“我们是古星的采矿船，按照星际法规，你们没有执法权。”

“我们怀疑你们在偷运我们高星的矿石。”空警说完又补充道，“如若再不打开舱门，我们就要采取强行登舰。”

“船长，我们……”六子有些害怕，话还没说完，船长回答道：“想要登船，请出示古星的授权文件。”

“不识好歹的家伙，看我怎么收拾你。”空警舰长伸手关闭了扬声器，咆哮道：“给我把舱门轰开！”

得到命令，其中一个空警将手中的激光炮对准了采矿船的一个舱门，手指轻轻扣动扳机，指纹识别完毕，一道红光充斥在激光炮的枪管中。激光射出，整个舱门瞬间融化。

船长听到轰击声，急忙赶了过来，刚好遇到五名空警登上了矿船。“你们想干什么？”船长的拳头紧紧握着，随后黑子、六子等十几个矿工都赶了过来。

“我们怀疑你们在偷采我星矿产，你跟我们走一趟。”其中一名空警说完，手一挥，“把他们全部押走！”

四名空警气势汹汹地走过来，船长上前一步，挡在了前面：“这里是古星星域，你们谁也别想动我的船员！”

“找死吗？”离船长最近的一名空警举起手中武器，用枪托朝着船长的脑袋便砸过去。

船长身体向左一撇，躲过枪托，反手就是一拳，将空警打倒在地。另一名空警见状，立刻将手中的激光枪瞄准船长，情绪激动道：“再动一下我轰掉你！”

被打倒的空警过了一会儿才爬起身，擦一下鼻子流出的鲜血，暴跳着冲了过来。手中激光炮的枪管狠狠顶在船长的脑门上，他的手已经触摸了扳机，指纹已经确认！

船长冷冷地看一眼空警，闭上了眼睛。

“上面的人放下武器！”远处忽然传来了喊声。

船长睁开眼，只见一艘古星的矿监舰船快速赶了过来，舰船上的虎臼炮已经对准了高星的空警舰船，还有十几个战士手持三眼火统瞄准了采矿船上的空警。

空警瞥了一眼，手指微微颤抖着，犹豫了一下，把激光枪收了起来。

矿监船里面又喊话了：“请你们速速离开采矿船。”

空警舰长不甘心就这么离开，于是打开扬声器，喊道：“这些人偷运我星矿石，我们有权检查。”

“这里是我古星星域，你们无权执法，请速离开。”矿监舰长用命令的语气喊道。

空警舰长沉默了，看着外面的矿监船，一拳打在了控制台上：“跟我走。”在矿监船的监督下，高星空警灰溜溜地回到自己星舰上，被赶出了古星星域。

大家长出一口气，矿工们自发地为船长刚才的英勇表现喝彩。矿监舰长了解了采矿船的情况后，将采矿船拖到了最近的修理站。

在一片荒凉的星空中，一艘失去动力的小型星舰正在发出求救信号。

“大家再坚持一下，一定会有人来救我们。”船长一边无力地喊，一边查看通向系统。这艘小飞船原本要回古星，不料半途中机器故障，能源泄漏，只剩下很少的一点能源。船长将飞船上所有能停止运转的系统都停止了，只为了节约能源，维持飞船在空中的平衡状态。然而这几天船上的食物也开始短缺，所有成年人很自觉地把食物给了孩子和老人，而船长已经两天没吃东西了。

船长说完，没有人回应，只有几个人抬了一下头，看他一眼，接着又垂下头。船长还想说什么，但话到嘴边，又咽了回去。想想自己，这些天何尝没有过放弃的念头，可是一想到这么多人的生命就靠自己了，自己又是船长，一定要把所有船员安全地送回古星。同时又开始咒骂高星人，要不是那群该死的家伙，大家都还在家乡好好地生活着，怎么会到这一步？

这几天搜救飞船又接连救下不少船只，但所有被救人之中，并没有华奶奶。郝非凡有些着急，却又无计可施。他在完成作战报告之后闲着难受，就主动要求执行搜救任务，顺便帮华舰长寻找奶奶。搜救中心传来信息："报告副官，我们刚刚又收到一条飞船求救信息。"

郝非凡一听，命令道："立刻派飞船去营救。"

不久，搜救中心又传来信息："报告副官，这次营救的人之中有一位老人和照片上舰长的奶奶很像，很有可能就是您要找的人，"

"什么？"郝非凡听到这儿从椅子上跳了起来，兴奋道，"谢天谢地，总算找到了，她身边有华舰长的妹妹吗？"

"老人独自一人，不过……"

"怎么了？快说！"郝非凡紧张起来。

"华奶奶身体很虚弱，几度昏迷过去，现在正接受治疗，情况虽然好了很多，但还是不太乐观。"

郝非凡急忙问道："什么原因？"

"身体衰老，营养不良再加上一路上的颠簸，精神上也受了刺激。总之情况不太乐观。"

"好好照顾老人，其他人怎么样了？"

“情况也不是很好，只有一部分成年人身体状况尚好，但大家情绪都很激动。”

“每个人都要做全面检查，身体良好的，送回古星；状况不好的，送往舰队救护舰上抓紧治疗。另外派一个两人的医护小组把华奶奶送到赤龙号上，我这就返航，通知舰长。”

华军磊一个人静静地站在主控台前，透过巨大的观察窗看着远处的红石星，不知不觉想起了以前和奶奶、妹妹在红石星上生活的场景。他们一起在河里捉鱼，沙子细软，河水清澈，阳光明媚地洒下来，像落了满地的金子。奶奶做的米粥最好喝，而他每次都要喝得肚子圆鼓，一边笑嘻嘻抚摸着肚皮一边夸赞奶奶的手艺。那时奶奶的脸上总挂着满足的笑容。而最后一次离开，年少轻狂的自己，竟然和奶奶顶嘴，还把奶奶气哭了。一想起此事，华军磊便满怀愧疚。

舱门开启的声音打断了华军磊的思绪。他转过身，见是郝非凡，忙问：“搜救工作进展得怎么样了？”华军磊本想问有没有奶奶的消息，只是话到嘴边就变了。

“舰长，华奶奶找到了，正在来星际母舰的途中。”

“什么？”华军磊平静的心一下紧张起来，多年未见的奶奶找到了。“在哪儿找到的，什么时候能到这里？我妹妹呢？”

“我们的搜救船收到了华奶奶所在飞行器的求救信号，但是你的妹妹并不在上面。”说到这儿郝非凡看着舰长，犹豫一下道，“华奶奶现在的身体状况不是太好。”

听到这个消息，华军磊的心里咯噔一下，“到底怎么回事？”

“小飞行器出现故障，他们被困好几天，华奶奶也病了。”

“奶奶病得严重吗？”华军磊自责起来，要是他能在奶奶身边，也许就不会这样了。郝非凡正不知怎么安慰舰长，这时李顺东回来了。李顺东看一眼情绪激动的舰长，又看了看副官郝非凡，不知道怎么回事。正要开口询问，华军磊已经控制住了情绪，“李参谋，我奶奶找到了，她老人家身体不好，我想安排她在赤龙号上休养一段时间。”

李顺东一下全明白了，立刻回答道：“舰长放心，我这就去办。”说完转身向外走去。时间不长，李顺东再次回到了主控舱，汇报说已安排好一切。华军磊点点头，他已经迫不及待想见到奶奶了。

“舰长你看，搜救船来了。”郝非凡兴奋地指着远处道。

华军磊看一眼，转身看向参谋和副官道：“你们在这时刻注意高星的动态，一有情况马上向我汇报。”

“请舰长放心，这里就交给我们吧。”两人说着向华军磊敬了一个军礼。

华军磊点点头，转身向外走。飞行器刚刚进入母舰，医护人员和华奶奶还没出来的时候，华军磊已经等不及了。看着奶奶被两名医护人员搀扶着走出飞行器的时候，华军磊的泪水终于忍不住流了出来，叫了声奶奶就迎了上去。

奶奶很虚弱，看见华军磊，眼睛一下子也湿润了，干瘪的嘴唇微微颤抖却一个字也说不出来。华军磊扶住奶奶，轻轻擦拭着奶奶眼角的泪水，而奶奶则用粗糙的手指拭去华军磊脸颊上的泪珠。

安顿好奶奶躺下，华军磊坐在床边，一边用双手紧紧握着奶奶的手，一边哽咽道：“孙子不孝，奶奶您受苦了。”

奶奶说不出话，只是摇头，脸上的笑容还像当年一样慈祥，两人就这么深情地对视。不一会儿，奶奶睡着了。华军磊轻轻地把奶奶的手放进被子里，起身向外走。他并没有去控制舱，而是去了厨房。

“舰长有什么指示？”厨师长见到舰长大驾光临，急忙迎了上来。

华军磊摇摇头道：“你忙你的吧，我自己来。大米在哪儿？”

得知舰长是要亲手给奶奶熬粥，厨师长准备好材料之后，悄悄地退了出去，将厨房留给了舰长。

第九章

古星和高星的对峙又持续了一段时间之后，高星按捺不住，终于有了新的动作。两艘巨大的黑色星舰从五十二联邦的方向汹涌而来，停在了高星的上空。

高星总统范剑三世以及大大小小随行官员几十人前来迎接，还有昭星、大林星派来的观察团前来学习。此时五十二联邦机甲团团长巴顿已经和两名随行人员从登陆舰上走下来。

“路途遥远，您是不是先到府内休息？”范剑三世笑脸相迎。

巴顿看一眼范剑三世，冷冷道：“不用休息，先把最新的资料交给我。”

范剑三世叹口气道：“对峙已经持续很久，依照现在的情况来看，古星没有撤退的打算。”

“哦，那你们有什么打算？”巴顿问。

范剑三世回答道：“借助这次演习，应该可以打压一下对方的士气，让古星人知难而退，最好不要引发战争。如果非要战的话……”范剑三世的底气明显有些不足了，“如果非要开战，我们高星也不怕。”

昭星的代表听到要开战，插话道：“若真打起来，我们昭星绝不会袖手旁观。我方将支援你们十艘最先进的皇帝级战舰。”

“对，真打起来古星不见得能赢，我们也支持你。”大林星的代表也给范剑三世打气。

范剑三世心里明白，就算他们出手相助，也不会有大的动作，最终还要依靠五十二联邦。光靠高星自己的实力，恐怕连古星的先锋舰队都不一定打得过。

巴顿沉默一会儿，面无表情地说道：“你放心，这次演习就说明了我方的态度，下面讨论一下演习的细节吧。”

听到巴顿只说了三个字“你放心”，但范剑三世感觉这里面韵味十足，很值得回味。听说这位巴顿团长是五十二联邦军中少壮派的代表人物，从做事上看，可见一斑。范剑三世向身边的将军庞光使了一个眼色，庞光会意，立刻走上前准备开始介绍，刚要开口，巴顿却打断道："你们有什么参演部队？"

"陆军，天军。"庞光回答道。

巴顿又问："有什么武器？"

庞光想了想，回答道："小型武器有激光枪，大型武器有重激光炮。"

巴顿一听，冷哼一声，这些武器都是五十二联邦淘汰的武器，不仅射程短，威力也小。

庞光见巴顿没反应，便接着说："演习方案已经准备好了，至于怎么打……"

巴顿再次打断了庞光的汇报："方案永远是给弱者准备的，强者从来就是想怎么打就怎么打，怎么打都赢！"

"是，是，是。"庞光赶紧点头。

巴顿又道："这次演习可以分为两个部分，第一是地面作战，第二是空中作战。"

"对对对。"范剑三世也在一旁微微点头。

巴顿看向范剑三世道："去指挥中心吧。"

一行人来到高星指挥中心，从控制台上可以看到，地面和空中两个目标已经设置好。庞光简单地把高星在陆地和空中的布控向巴顿以及其他星球的观察团介绍一番，接着巴顿用随身携带的无线通信设备向星舰发出指令，两艘战舰已经做好了战斗准备，二十四个超金机甲从星舰中飞出来。演习随后开始。

从指挥中心大屏幕上可以看见，高星陆战部队和空中部队同时行动，向目标靠拢，重型激光炮向目标发出一连串攻击，巨大的激光团飞速投向目标，然而距离太远，无法摧毁目标。

就在庞光一脸尴尬的时候，几十个流星一样的火球从视野中划过，仔细一看竟然是飞速行驶的炮弹，几十颗炮弹拖着长长的火光。只见这些飞弹到达目标之后，突然解体，里面一团刺眼的激光能量团瞬间被激活，轰的一声，整个画面全是爆炸的火光。随后其他的激光团相继击中目标，一阵轰响，空中目标已经灰飞烟灭。庞光的眼睛都看直了，相比之下，高星所谓的重激光炮就像单兵武器。

然而空中战斗并没有结束，二十四个超金机甲在炮火结束后火速赶来。

“目标不是摧毁了吗？应该攻打地面目标。”这时高星另一名将军说道。

巴顿转头瞪了一眼，道：“不懂就闭嘴！”说完向超金机甲下令道，“轰击！”

接到命令，二十四个超金机甲每个人的掌心又对着已经被摧毁的目标发出一团能量束，又是一波爆炸，整个天际似乎都在震动。

见巴顿一脸严肃，庞光扭头瞪了一眼那位将军。空中目标被摧毁之后，星舰又对地面目标发起了攻击，只是这次高星的地面部队没再用重激光炮对目标进行轰击，也没有其他的动作，因为五十二联邦的炮火已经打了过去，如果再靠前，恐怕巨大的能量波也会伤到自己。

一番轰炸之后，目标所地被轰出一个巨大的坑洞，岩石被烤黑，一缕缕热气向空中飘去。超金机甲快速飞到地面目标的上空，方圆百米之内已经没有任何目标可供攻击，但是超金机甲还是照例在上面又进行了一轮轰炸。地面目标被摧毁后，超金机甲并没有回到星舰里面，而是继续在空中飞行，展示作战能力。

华军磊看了五十二联邦和高星的联合演习之后，心中暗暗吃惊，对比之前的模拟演习，五十二联邦的超金机甲比预计的至少强了两倍。现在看来，五十二联邦真实的力量远远超过了他们的想象。参谋李顺东站在一边似乎看出了华军磊的担忧，说道：“如果按照五十二联邦这种打法，我们肯定不是他们的对手。”

郝非凡一听，暴怒道：“你这不是长他人志气，灭自己威风吗！要我说，我们一支光筝，就完全可以灭了他！”郝非凡虽然嘴上这么说，心里知道也是不可能的，但他就是不愿意承认。

在高星与五十二联邦举行军事演习即将结束的时候，一件发生在高星政府内部的事情转移了各星媒体的视线。星时22012年双月20日，也就是红石星事件发生后的第十二天，原本被任命为驻古星大使的年永木忽然宣布请辞。这位古裔的高星人，还没有走马上任便因为红石星事件的压力而辞职。而他的辞职将红石星事件重新推向了一个高潮，各星媒体纷纷聚集在古星都城的高星外交使馆，企图得到第一手的资料。

范同随手扔掉手中的报纸，打开窗户，朝外面看了看。使馆门外，阳光透过淡淡的白云洒在使馆的院落中，使馆的铁门关得紧紧的，而十几家星际媒体的记者，就等候在使馆门外。

“范先生，”他的助手斯帕走过来，“总统先生来电。”

范同从助手手上接过电话，恭敬地问：“总统先生？”

对面传来一个中年男人的声音：“范参赞，我已经决定，同意年永木的请辞。我们会尽快派遣新的驻古星大使，接替你的工作。”

范同强压抑下自己内心的不满：“总统先生，驻古星大使空缺了将近两年，平时还好，可是当红石星事件爆发后，这里承受的压力实在是太大了……”

还没等范同抱怨完，对方就打断了他的话：“我知道。范参赞，这两年辛苦您了。虽然您在古星使馆的身份是参赞，但是我知道这里的所有工作都是您处理的。只是现在，我们和古星关系紧张，高星需要有一位熟悉古星情况的人。所以我决定把你召回来，帮我处理古星事务。”

范同脸现喜色，听总统的意思是把他当心腹了，但却仍然有一丝犹豫：“总统先生，那这里的工作……”

“你放心，”范剑三世说，“工作先交给副手，我们会尽快让新的大使走马上任。你现在唯一的任务就是返回高星，迎接你的飞船已经从高星出发，将会在三个星时后到达古星港口。”

“是！总统先生！”范同挂掉了电话，转头对身边的助手说：“斯帕，立刻收拾东西，我们马上离开古星！”

范同的返回非常低调，他只随身携带一个小型公文包，后面跟着助手斯帕。向古星外交部发过消息以后，为避免记者的骚扰，范同很精明地选择了一辆挂着民用牌照的悬浮车，从后门悄悄地出去。

范同麻木地看着外面熙熙攘攘的车流，脑中却飞快地运转着。红石星事件非常敏感，就像是一个火药桶，一不小心就会被炸上天，是挑战同时也意味着机遇。如果处理好了，以后的仕途肯定平步青云。

悬浮车很快就到了古星最大的港口_——都城星港。这是古星最大的港口，与其他港口不同的是，都城星港还是一个半军用的港口，拱卫都城的两个主力舰队就停泊在港口上空。

都城星港中忙忙碌碌，一派繁华。古星实力日益强盛，进进出出的民用光筝和异国飞船不计其数。范同很快就在民用星港处找到了迎接他的高星飞船，在关口匆匆检查完证件之后，范同带着斯帕登上了返回高星的飞船。

“终于要离开这里了。”坐在飞船内，范同内心隐隐带着一丝遗憾，高星永远也比不上古星的繁华，在这里工作了两年，多少也有些感情，恐怕以后就再也没有机会回这里工作了。

范同出神地望着窗户外面，那绚丽的星星，夹杂着无数光筝和飞船，它们散发出各种各样的光芒，勾勒出一幅幅美丽的星空图。

“咦？那是什么？”星空中的几艘星舰吸引了范同的目光。

助手顺着范同指着的方向看去，只见前面的星空，一支由七艘飞船组成的舰队从远处驶了过来，舰队上灯光闪烁，速度飞快。但是引起范同注意的却是飞船的外形，那种带有浓厚伏星特色的造型，加上好似寒冰雕刻成的飞船外表，晶莹剔透。这么明显的特点，只有伏星独此一家。

七艘冰舰在导航灯的指引下，从都城星港的军事基地飞过，朝高星的方向飞了过去。范同瞪大了眼睛，声音都变得有些结巴，“这……这是伏星的冰舰！他们怎么会来到古星？”

按照星际惯例，没有任何星球允许其他星球的武装力量靠近都城。既然伏星的冰舰出现在古星都城附近，那只有一个原因，就是得到了古星皇帝的首肯。联想到之前五十二联邦与高星联合举行的军演，范同的一颗心迅速地沉了下去，难道，伏星和古星也要有所行动?

伏星冰舰到达古星南部星域的时候，已经是两个星天以后了。驻守在南部军事基地的华军磊早已接到卢将军发来的任务，伏星冰舰将配合华军磊的舰队进行一次军事演习。军演的主要目的是震慑高星，显示两星实力。潜台词是警告五十二联邦，你做事别太嚣张，惹急了我们就结盟，足够你喝上一壶了。伏星这一举动摆明了立场：支持古星。

当然，军事演习也需要找一个政治上的借口，恰好还有十几天便是与伏星建交纪念日，华军磊已经召开记者招待会，在媒体上大肆传播，为了庆祝与伏星建交八十周年，双方舰队将在古星南部星域进行一次友好军事演习。

伏星来到南部星域的战舰一共七艘，舰队司令尤塞夫是一名经验丰富的老将。

“华将军，伏星第三舰队司令尤塞夫，奉我星元首命令，前来配合华将军的军事演习。”

尤塞夫是一位身材粗壮的大汉，他十分不习惯南部星域的温热，将身上的军服都敞开了。胡子足有二十多公分，将整个嘴巴都遮挡住了。最醒目的还是他的鼻子，那种鹰钩鼻子与酒糟鼻子结合的形状，要多怪异就有多怪异。

“一路辛苦。”华将军亲自将尤塞夫和的随从们请到赤龙号会议室内。

“华将军，我简单地介绍一下我方情况。”尤塞夫瓮声瓮气地说，“因为只是普通的军事演习，所以我们没有派遣母舰，只有五艘大型战列舰，一艘特种战舰和一艘补给舰来到南部星域，随行兵员六千七百人，其中包括五个冰法战士团，十五个地面攻击团，还有一个特种作战旅。后勤人员、医护人员和补给人员不计入其中。我们会尽最大的努力，圆满完成这次军事演习。”

七艘战舰，再加上古星舰队，星舰数量接近三十艘，可谓声势浩大。南部星域诸星加在一起也就这么个实力了。华军磊却注意到，七艘战舰中那艘所谓的特种战舰，它的样子与旁边的冰舰有很大的差别。除了材质都是寒冰制成的之外，从外形上来看，整艘战舰就好比是一个放大的酒瓶子。这种星舰是他第一看到，以前并没有见过，大概是伏星最新研制的冰舰。

“尤塞夫将军，感谢贵军远道而来对我们的协助。那艘特种战舰，是贵军最新配备的吗？”不仅华军磊好奇，郝非凡和李顺东等其他军官也都竖起了耳朵听着，那个所谓的特种作战旅，肯定就是在这艘奇形怪状的冰舰上面，只是不知道他们的作战方式是什么样的。

尤塞夫咧嘴一笑：“华舰长，不瞒您说，这艘战舰里面，装的全是伏星特产的冰酒。我们伏星跟其他星球的军队都不一样，星际间几乎所有的军队都实行军中禁酒的制度，可是冰酒对于我们的士兵来说，就是第二种武器。”

尤塞夫说到这，脸上的笑容忽然变得神秘起来，“等演习开始的时候，您会发现，我们称冰酒为伏星士兵的第二件武器，是完全有道理的。这位是特种作战旅旅长底米特里，相信他会在演习中给你们一个惊喜。”

看着尤塞夫那古怪的笑容，华军磊打量了一下尤塞夫专门介绍的底米特里。这个身材稍微比尤塞夫矮小一点的军官，长相和穿着却跟尤塞夫惊人的相似，都是一大把络腮胡子，鹰钩鼻子，还有因为炎热的天气而解开扣子的军服。

看到华军磊看向自己，底米特里冲华军磊行了个军礼："伏星第三舰队特种作战旅旅长底米特里！向您致敬！"

目前整个星际的目光都聚集在这里，在这种情况下，伏星既然都派出了特种作战冰舰，说明他们就没打算隐藏下去。华军磊也就没再问下去，所有情况在演习中都会显示出来。

"那就这样吧！"华军磊一拍桌子，"尤塞夫将军，请你带着所属部下前往我军作战会议室，我们今天就拿出一个方案来，明天就开始正式军演！"

星时22012年双月23日，得知伏星舰队到达古星南部军事基地的消息后，高星总统范剑三世终于忍不住了，他公开发表声明，呼吁南线联盟对此次红石星事件表明立场，企图得到其他五颗星球的援助。但是古星随即对此事作出了回应，其他星球在主权问题上选边站队，只会将事情复杂化，将事态扩大，无助于妥善解决当前事态。

慑于古星强大的军事力量和政治地位，南线军事联盟其他星球无视范剑三世的提议。这个消息让范剑三世有些焦急，如果没有南线军事联盟的支持，在红石星事件的谈判桌上，高星的声势就弱了很多。

但范剑三世不肯坐以待毙，他偷偷派遣了五位使者，秘密前往南线联盟的其他星球，希望通过游说，让南线联盟改变想法，支持自己。其中范剑三世最看重的便是大林星。毕竟大林星刚与古星爆发了一场不大不小的冲突，大林星政府颜面扫地。所以，范剑三世对大林星抱着很大的希望，决定派出总统特使。至于人选，范剑三世经过了慎重的考虑，又经过总统委员会的一番讨论，范剑三世终于决定，派遣刚刚从古星返回的范同，秘密前往大林星，会见大林星总统。

范同深知任务的重要，高星之中，没有任何人比他更了解古星，他将自己在古星的所有情况做了汇报以后，便马不停蹄地赶往大林星。紧迫的时间让范同自己都哀叹自己是劳碌命，但是为了范剑三世的期待，却不得不这样。

星时22012年双月23日，范同从高星秘密出发，经过了三个星时的航程，到达了大林星都城。

大林星总统克劳拉非常重视范同的来访，亲自接待了范同，将他请进了私人官邸。

“尊敬的克劳拉总统，我代表高星最高领导人范剑三世，向您致敬。”因为没有记者媒体在场，范同很快就切入正题：“作为南线联盟的同盟星，我们很希望总统先生能够发表公开声明，支持红石星是属于我们的领导。”

克劳拉只是笑了笑，他没有正面回答范同的问题，反而向范同问道：“特使先生，这次的谈话不会有任何信息流露出去，您可以跟我透个底，面对咄咄逼人的古星，你们到底有什么打算？”

“红石星是属于我们高星的领土！我们绝对不会妥协。”范同大义凛然地说，“但是我们总统不希望双方动武，所以一直努力将这件事情送交星际仲裁法庭。”

“事情的发展往往会出人意料。”克劳拉意味深长地一笑，“假如，我是说假如。双方因为这件事情上升到不得不动武的地步，你们将会怎么样？”

“我们会死战到底。”范同斩钉截铁地说，“克劳拉总统，我们的利益牵扯到五十二联邦的利益，他们是不会坐视我们被古星攻击的。如果动武，五十二联邦会派遣出自己的武装部队，来维护我们高星的利益。”

“我丝毫不怀疑五十二联邦会保证高星的利益。但是……”克劳拉话锋一转，“据我所知，五十二联邦保证的只是高星本土的利益，红石星到底属于谁，尚无定论。如果古星只在红石星上动武，根据星际仲裁法庭所颁布的条例，五十二联邦也没有借口公开帮助你们。你们有信心在局部冲突中压制古星舰队吗？”

看着似笑非笑的大林星最高领导人，范同没来由地一阵郁闷，克劳拉所说句句属实，如果古星只在红石星动武，五十二联邦还真的不好插手。

“古星一贯主张和平发展，如果我们不动手的话，他们也不会先动手的。因为这会违背他们和平发展的方针。”范同说到这，看了他一眼，“据我说知，大林星之前与古星的军事冲突，就是因为你们首先开火。”

双方都沉默了，过了好一会儿，克劳拉才开口说：“特使先生，我就跟你明说了吧！古星的舰队很强。哪怕是整个南线军事联盟都动员起来，也不是古星的对手。你们有五十二联邦的庇护，不用担心古星的报复，但是我们大林星与五十二联邦关系却有些紧张，肯定不会得到五十二联邦的保护。如果我们公开支持高星，古星会通过多种手段打击大林星。单是经济制裁，我星就无法承受，所以抱歉了。”

范同紧紧看着克劳拉总统，“如果您在政治上发表声明，承认红石星属于高星领土，我方会努力调解贵星与五十二联邦的关系。有了五十二联邦的援助，贵星在各个方面都会得到长足发展。”

克劳拉总统面无表情地看着范同，还是没有表态。范同也猜不出他的心里到底是怎么想的。

第十章

这时古星与高星在红石星附近海域的对峙事件已进入第十四天。范同悄悄返回高星，关于他出使的结果，对外秘而不宣。

事态进一步激化，高星舰队司令已令军队的两艘战舰赶往红石星方向，以增援在那里的星际警卫队。这个消息让范同恼怒异常，军方的士兵不懂政治，范剑三世难道也糊涂了？论武力，高星拍马也赶不上古星。现在唯一对高星有利的一面就是古星不会轻易开战，现在往红石星增兵，岂不是意味着局势将更加紧张？

但是让范同感到出乎意料的是，随着高星军舰的进发，古星方面反而开始退让了。古星矿物资源总局的两艘光筝和古星星域巡逻队已在双月22日下午离开红石星，只有一艘星域巡逻船留在红石星海域。古星外交部发言人指出，古星这两艘船只的撤离再次证明古星正努力缓解事态。范同松了口气，看来事情也没有想象的那么糟糕。

范同回到高星，没来得及休息就去觐见总统范剑三世，向他汇报与大林星总统的谈话。范剑三世听了汇报，压制住心里的不悦说："很好，大林星不能在明面上支持我们，但多一个朋友就多一份力量。你再辛苦一趟，去见见印月星总统，争取把他也拉到我们这一边。如果能争取整个南线联盟为我们说话，那就更好了。事成之后，好处少不了你的。"

"是，总统，我这就去。"范同匆匆离开总统府，来不及回家和妻儿团聚，又马不停蹄地赶往印月星。

印月星是南线联盟的一个小帝国，星球面积不大，但人口众多。印月星总统苏达是一个将近七十岁的老人，他执政了很长时间，政治手段娴熟。听到范同来访，就猜到了他的目的。

"听说你们高星有了五十二联邦的撑腰，打算和古星干一架。"苏达总统开门见山地问。

"总统先生您说笑了，我们只是在边境线上产生了一点小冲突。我们两星邦交久远，两星友谊源远流长，希望贵星能站在我方的立场，对古星予以谴责。”

“谴责是小事。”苏达点头说，“要是发展到武力冲突怎么办？古星仅仅用六艘先锋舰就把大林星的舰队打得落花流水。”

范同微笑地看着苏达，心里却骂他真是一只老狐狸，在试探我们与五十二联邦的关系。尽管在心里鄙视苏达，范同还是不动声色地说道：“据我所知，那次冲突是大林星率先开火的。古星舰队虽然强大，但是他们不会主动攻击，毕竟还要顾忌在星际上的影响。”

“和平好，和平最好，一打仗经济就完了。我们能为高星做些什么呢？”

老狐狸！我看你心里巴不得我们和古星开战，你好混水摸鱼。范同再次鄙视了苏达一下，委婉地说道：“您在南部星域德高望重，我方希望您去酷悟星际法庭发表演讲，强烈谴责古星行为，号召联盟成员团结一心，在舆论上压倒古星。”

“好说，为了我们两星之间的友谊，我就去一趟星际法庭。”范同没想到苏达这么容易就接受了他的请求，之前准备好的一大套说辞也用不上了。“我代表高星向您表示感谢。如果以后印月星需要高星，高星绝不推辞。您公务繁忙，就不打扰您了。”任务完成了，范同马上就想走，他可不想和这老狐狸再说一句话。

范同走后，内政大臣担忧地说：“总统，您真的去星际法庭谴责古星？我们与古星贸易联系日益紧密，古星是我星水果最大出口地，如果得罪了古星，我们得不偿失。”

苏达哈哈大笑说：“你说的我当然知道，去星际法庭的前一天，我正好身体不适，就没法去了。范同还是太嫩了点。”

古星和伏星的联合军演让红石星事件再次升温，所有星球的目光再次聚焦到小小的红石星。演习的双方虽然没说什么。但是明眼人都看得出来，这次演习与高星和五十二联邦的军演相隔不久，明显就是针对两星军演的。演习的科目也是针对五十二联盟的军演安排的。五十二联邦实力再强，一次面对伏星和古星两个大星也有压力。在演习中还有一个小插曲，一场突如其来的陨石雨进入演习区域，两星竟然联手将一场规模不小的陨石群轰成了星际间的尘埃。表现出的强大武力令人咋舌，双方对这次军演非常满意。

在演习接近尾声时，尤塞夫突然接到报告："有不明飞船靠近演习区域进行侦察。"

华军磊和尤塞夫对视了一眼，问："看来有人坐不住了，尤塞夫将军，你看应该怎么办？"

"赶走不就行了，难道你还有什么想法？"尤塞夫不解地看着华军磊，这样的事他早就习以为常了，每次演习都有这样讨厌的家伙，赶走了过一会儿就回来了，让人头疼，古星人以计谋著称，看华军磊的样子，像是有了什么鬼主意。

"尤塞夫将军，关于这次联合军演，我们之前早就发过通告，也派星舰对这片星域进行了清查。也就是说在这片星域内，除了我们双方的星舰，剩下的就是演习的目标了。"

"好主意！"华军磊还没说完，尤塞夫就明白了他的意思，两人一拍即合。两人笑的就像是成功突袭了鸡窝的狐狸。听着两人兴高采烈地将计划完善，李顺东在心里为那艘侦察艇感到悲哀，你说你招惹谁不好，非要惹这两个人，这下活该你倒霉。

侦察舰正慢慢悠悠地在演习星域的边缘晃悠着，这种事他们又不是第一次干了。舰长懒洋洋地坐在驾驶位上，将收集到的数据传输回去。副手突然报告，"舰长，有一艘古星小型星舰向我们飞来。"

舰长看了一眼观察窗，是一艘比单人舰大不了多少的星舰，也就没在意。对副手说道："别答理它，它想做什么就让它做什么，过一会儿就走了。"

“可是舰长……”

“可是什么？安心地收集你的数据。”舰长有点怒了，这点小事都搞不定。

看舰长生气了，副手不敢顶嘴，他又观察了一会儿，总觉得小艇的举动反常，鼓起勇气再次开口：“舰长，那艘小船在我们的舰体外画了一个符号。”

“哦，给我看看，画的是什么？”在舰体上画东西还是第一次遇到，当舰长看到舰体外的符号时，舰长的嘴张得老大，下巴都快脱臼了。“这是……这是……古星的攻击目标符号。”

副手被吓了一跳，古星火炮的威力他可是刚见识过，那可是连陨石雨都能炸得粉碎的武器。就自己这艘船，几炮就被轰成渣滓了。他哆哆嗦嗦地说道：“跑吧，舰长。”

舰长这时也看到了自己舰上被画上的目标符号，他吓得心都快跳了出来……

高星总统府内，范剑三世正在听手下的报告，他也不想打仗，但又很想知道古星实力到底有多强。可手下的报告听来听去，和新闻中的相差不多，再一追问，原来这群没用的东西被古星赶回来了。范剑三世大发雷霆，将军事顾问赶出了总统府。还好外务大臣带来一个好消息，五十二联邦的密使已经抵达。

范剑三世换了一身便装，和外务大臣悄悄地去了密使下榻的饭店。在密使套间的会议室里进行了交谈。

范剑三世上来就直奔主题，“密使先生，不知贵星对古星伏星的联合军演是什么态度。”

“这次军演，目的性很强，明显是在向我方施压。一旦这两星真的结盟，我星处理起来也很麻烦。但是请总统放心，我星始终会站在你方的立场上。”

听到密使的保证，范剑三世心中的大石头总算是落地了。他接着问，“那我们该如何应对？”

“给你两条建议。”密使在范剑三世耳边耳语一番，范剑三世听到建议后，眉头逐渐舒展，“其实第二条建议我们已经开始做了，第一条建议应该慎重考虑。”

“总统先生，请您放心。有我们在背后支持，事情很容易办成。”

“好，我马上去安排。”范剑三世告别密使，马上回去准备了。

第二天，总统召开内阁紧急会议，讨论是否应该把红石星问题上诉到星际仲裁法庭，请求星际仲裁法庭介入红石星的争端。总统、副总统、内阁成员以及其他重要的各部部长都到会参加。

会议一开始就分成两派，有赞成把事情闹大的，也有反对的。双方展开了激烈的争论。

内阁主席首先表态：“我赞同把问题扩大，红石星子星在我星星域内，就是我星领土。我们武力比不过他们，只好把事情上诉到星际仲裁法庭，请法庭为我们主持正义。”

“主席先生，您考虑到后果了吗？”农贸经济部长持反对意见，“您知道，一旦我们和古星闹僵，会对我星经济造成多大损失？我们出口的水果积压在港口多达一个星周，大部分都已经腐烂，损失巨大。”

“那都是小事，损失点钱没关系，但我们不能丢了面子。不然以后在南部星域还怎么混啊。”外交部长反唇相讥。

“请您注意说话的措辞，部长先生。”农贸经济部长压住心中怒火，“我明白当前的形势。我们可以和古星谈判，对有争议的领星，暂时搁置争议，共同开发。即使您把事情上诉到星际仲裁法庭，以古星的影响力，我们也不一定会赢。”

“十二联邦会支持我们，伊鲁米纳特虽然没有直接表态，但也会帮助我们。有这两星帮助，我们胜券在握。”

“可古星也有伏星帮助。总之，我反对。”农贸经济部长坚定地说。

“好了，别争吵了。投票表决吧。”内阁主席提议。

两派谁也说服不了谁，只好进行投票。结果却出乎意料，分别有十人赞同，十人反对，三人弃权。结果一出来。又乱成一团，相互指责。

内阁主席没想会有十人反对，搞成这个样子也不好收场。他灵机一动，大声说：“既然赞同的人数和反对的人数相同，那只好让总统作决定了。”这原本就是范剑三世的意思，结果当然是按照他的心意，将红石星争端上诉星际法庭。

在星际仲裁法庭开庭的前一天，高星总统范剑三世接到印月星总统的信函，信中印月总统表示因为自己身体不适，不能到星际仲裁法庭为高星助威了。范剑三世大发雷霆，苏达这一手，打破了他原来的部署，只好再次把范同找来。让范同代表高星去星际法庭起诉古星。

当高星发布消息邀请古星到星际仲裁法庭打官司时，赤伏星军事演习已经完毕，华军磊正和伏星将军尤塞夫检阅军队，检阅完后，华军磊在南部星域港口送别尤塞夫。

想到高星的举动，尤塞夫开口问：“你怎么看高星的这招？”

“不必理会，红石星是古星的领星，高星绝不会得逞。”华军磊看透了高星的伎俩，如果答应去星际仲裁法庭，等于变相承认红石星是有争议的领星。

“对，我们伏星就没有领星争端，因为别人有争议的从来就是我们伏星的。”尤塞夫哈哈大笑。

华军磊冷笑了几声，尤塞夫的话暗含着讽刺。近年来，古星对外态度不够强硬，一味地谴责，只做嘴上功夫，招致了很多人的不满。但这是皇帝的旨意，你又能怎样呢？

他朝后摆了摆手，随从抱着一瓶杜康酒走过来。华军磊把杜康酒给尤塞夫倒上一杯，说：“我们古星有个传统，送别客人，要以酒饯行，干！”说完就仰头喝下。

尤塞夫也很豪爽，仰头喝下去。“这酒味道太甜，不够烈。”

“想喝烈酒，回头我送你箱二锅头。”华军磊说，“送君千里，终须一别。祝您一路顺风。”

“好。有机会去伏星，我们一醉方休。”尤塞夫转身登上冰舰。

第十一章

军演结束，郝非凡回到赤龙号待命，没事干就打开星际传媒系统，系统正在放一个现场直播。

五十二联邦首都，一条宽阔的街道上挤满了人，他们统一穿着白色短袖上衣，一手持红底黄字的条幅，上面写着“古星滚回去”，一手握拳，用力挥舞拳头，高喊着：“还我红石星！”

走在游行队伍最前边的是四个围着头巾的中年妇女，其中两人拉着一条写着“高星同乡会，捍卫红石主权”的横幅，扯着嗓门，引领众人喊口号，将游行队伍引向市中心公园。

公园内，这次游行的发起者，“高星同乡会”组织的领导人，一个高星五十多岁的女人早站在演讲台上，对着台下黑压压的人群，发表了一篇题为“守我疆土，人人有责”的演讲。

演讲内容充分阐述了红石星离高星的距离优势，和“落入我家地盘就是我的东西”的理论，在演讲中女人还呼吁酷悟星系内两百个星球内的一千二百万名高星人，一起到各星球上的古星使馆门前举行示威游行，声援高星政府行动。

“无耻！”郝非凡从没想到高星人竟会如此狡辩，他不禁纳闷这女人的脸皮到底有多厚。从星域上来说，高星离古星也比较近，难道高星也该是古星的？

郝非凡实在是咽不下这口气，盯上了高星人的采矿船，和几名士兵小声嘀咕了几句，偷偷地溜了出去。华军磊早就注意到郝非凡的举动，也猜出他要去做什么。高星人的无耻让他也有些愤怒，就让郝非凡去给他们找点麻烦吧。

一艘小型战舰驶离舰队群，加速驶向红石星，遇到一艘装满矿石的高星采矿船正在返航。

“你尽量绕着那艘船飞，有没有问题？”郝非凡坏笑了一声，想把我们古星的东西运走，没那么容易，怎么也要让你吃点亏。

“没，没问题！”士兵脸色通红声音有些发颤，也不知他是因为兴奋还是紧张。

“好，那就开始吧！”郝非凡刚说完，飞船又一加速，直接冲向采矿船，采矿船猛地制动停了下来。这一下把郝非凡惊出一身冷汗，这小子也太野了一点，这么近的距离进行加速，还好没撞上，不然又是一条新闻。

还没等他再说什么，战舰开始贴着采矿船以各种角度绕飞起来，郝非凡再也坐不住了，他觉得这士兵的手只要稍微一抖，两艘船可能就会撞成一堆废铁。采矿船猜到古星是来找麻烦的，船长想向下突破，不料对方竟然围着它高速机动，惊得他紧紧抓着方向舵，发信息向红石星上的高星军舰求助。

过了好一会儿，看到高星的军舰来了，郝非凡这才不紧不慢地飞回了舰队。这件事似乎并没有引起太多人的注意。等回到赤龙号一看新闻，郝非凡傻了。

高星新闻发言人召开记者会，声称古星军舰“恐吓”高星采矿船，同时，还公布了采矿船拍摄的有关“恐吓”事件的视频。

很快这一视频被大量转载，看到这一视频后，竟让许多古星青年有了从军的想法。视频最后传到了古星高层，卢将军亲自向华军磊询问事件经过。华军磊不用调查就知道这是郝非凡做的好事。把他叫过来不痛不痒地训了一顿，郝非凡看出舰长并没有生气，傻笑着保证下不为例，就被舰长赶了出去。

接着，古星针对最近红石星发生的事件召开记者会。

这次记者会吸引了全星系众多知名媒体关注，会场座无虚席，一些来得晚的记者只能挤在过道里进行采访。古星发言人到场之后直接宣布进入记者提问时间。

记者们纷纷举手，发言人伸手一指，下面一名黄皮肤身材瘦小的女记者赶紧站起来问：“您好，我是动讯传媒的记者，请问您对古星军舰吓唬高星船只这一事件有什么看法？”

“高星方面完全是夸大事实，古星军舰只是在依法执行公务，关于古星“恐吓”高星船只的说法，纯属主观臆造。”

“下一位。”这一次发言人将手指向了一名金发女记者。

“您好，我来自五十二联邦天际时报，您觉得这件事对贵星和五十二联邦外交会产生怎样的影响？”

“你好，首先我有必要在这里再次重申，红石星争议问题并不是古星和五十二联邦之间的问题，五十二联邦已多次表示对红石星争议不持任何立场，我方希望五十二联邦能信守承诺。”

“最后一个问题。”

“您好，我是星宏快讯的记着，请问您如何看待高星在红石星的所作所为，古星下一步将会采取怎样的措施？”

“你问得很好，下一步我方准备出动星际环境监测船，配合军方共同维护古星权益，并确保古星采矿船在红石星采矿的安全。我方一直是讲事实、讲道理的，希望高方也能采取同样的态度。”

最后在发布会即将结束时，古星发言人对高星发出严重警告：“红石星是古星固有行星，我们希望高方不要继续制造事端，使事态更加复杂。”

发布会结束后，古星方面就有六艘矿船奔赴红石星。同时，华军磊也收到了卢将军的命令，务必保护好古星矿船的安全。

高星在当天做出回应，也将采矿船增至六艘，和古星采矿船“分享矿场”。华军磊派出的军舰时刻跟在矿船身边，高星未敢轻举妄动。

了解红石星进展，成了华军磊每天必做的事，他没事就打开星际媒体，阅读相关的报道。上面刚更新了一则消息，高星总统范剑三世刚刚在接受记者采访时透露，下一步，高星将积极收集古星“欺负”高星的相关证据，可能会提交到星际法庭审判。

华军磊对这一做法很是不屑，高星试图通过星际舆论，造就一个大星欺凌小星的假象，以博取星际社会的同情。华军磊快速浏览了一遍就看向下一条。

一位高星武装部队的将军表示，高军方将增派军舰去维护高星采矿队的利益。

这一点引起了他的注意，终于出动军舰了。正当他准备找一下关于高方所派军舰具体信息时，副官郝非凡满脸喜色，推门走了进来。

“舰长，华奶奶醒了。”

华军磊一听，就跑了出去。医疗舰内，奶奶穿着病号服，微睁着眼，脸色苍白，很是憔悴。华军磊轻手轻脚地走到奶奶床边。

华奶奶注意到有人来，转头一看是自己的孙子，她握住华军磊的手，激动得说话声音都有些颤抖，“军磊，是我的军磊。”

“奶奶……”华军磊什么话也说不出来了，祖孙俩就这么互相看着。

过了一会儿，奶奶才拉着华军磊的手问道：“你妹妹呢？回来了吗？她也很想你。傻小子，当年一声不响地就跑了，害奶奶担心死了。”

华军磊轻轻地摇了摇头。奶奶也没有责怪孙子的意思，唠叨着说道：“你妹妹长成大姑娘了，就是性格和你一样野，老是喜欢往外跑，这次说要到外星系探险，算日子也该回来了。”

“妹妹探险去了？”华军磊很是诧异，记忆里妹妹总是扎着两个羊角辫，天天跟在他屁股后面，文文静静的小姑娘竟会出去探险。

“是啊，小丫头越长越像你，现在已经是一名探险队长了。”老人很是自豪。

华军磊点了点头说，“奶奶，我会找到妹妹的，我们一家人就团聚了。”

老人嗯了一声，华军磊还想和奶奶多说两句，被医生阻止了，奶奶需要好好休息。

华军磊嘱咐奶奶好好休息，然后便匆匆离开。走出房门，他狠狠地搓了把脸，医生早就对他说了奶奶的情况，老人的身体本来就不是很好，被高星人赶出家园，一肚子火气。路上飞船出了故障，饿了很多天，情况很不乐观。一定要尽快找到妹妹。

“舰长！”参谋长李顺东快步跑到华军磊身边，“我可找到你了，舰长。高星释放了最早被扣押的矿工。”

华军磊微微一愣，不明白高星人为什么选择在这个时间放人。

“回去说！”

回到赤龙号星际母舰，华军磊接过参谋长递过来的名单，仔细看了半天。

“他们现在在哪儿？”

“还都在他们各自的采矿船上。”

“带我去看看。”

华军磊将矿工都召集到其中一艘采矿船上，从矿工口中得知，高星还扣押了两女一男不肯释放。这又引起了他的注意，按理说采矿船上一般不会有女人。进一步询问又有人提供了线索，三人说过他们是一支探险队的。

“探险队！”华军磊很是吃惊，赶紧拿出奶奶给他的妹妹的照片，让人辨认，果真他妹妹就是三人中的一个。

“参谋长，我要和高星负责人通话。”华军磊心中拿定主意，一定要让高星人马上释放他的妹妹。

华军磊赶紧和参谋长回到母舰，叫来通信兵，用母舰通信器向红石星发送信号。

“舰长，通信架设完成！”

华军磊点了点头，就让士兵出去，只留下参谋长在身边。

“我是华军磊，古星舰队最高指挥官。”

“我是高星驻红石星上将庞光，古星指挥官先生，您有什么事吗？”

“我要求你方立即释放我方所有在押人员！”

庞光冷哼一声："所有人我都给你们送回去了。"

"我再次重申一遍，请立即释放我方在押人员。"

"再见！"庞光关闭了通信。华军磊怒不可遏，骂了句："该死！"

"舰长，到底发生了什么事？"李顺东想不出到底是什么事让舰长如此暴怒。

"我妹妹在他们手上！"华军磊在心里盘算着，不能让高星人知道我妹妹在他们手上，不然妹妹就成了他们的筹码，处境就更不妙了，那怎么才能让妹妹回来呢？并且还要把事态的影响降到最低。华军磊眼珠子一转，有了主意，派遣一队精干的特种战术小队，把妹妹救出来。听矿工讲述，拘押所的防备很弱，轻而易举就可以把人救出来。既然你们不承认还扣押了古星人，那事后也就没了借口。

"对了，你快把郝非凡给我叫过来！"

李顺东大概猜到了舰长动怒的原因了，他曾经不止一次听过舰长提起他奶奶和妹妹。虽然那并不是他的亲妹妹，是奶奶收养的一个孤儿，但也是他除了奶奶之外最重要的人。

"舰长，你找我？"郝非凡急匆匆跑进来。

"我要你立即成立一个特别行动小组，去救我妹妹华军倩！"

此时，在五十二联邦留学的古星学生也自发地举行了游行，他们拉开横幅，高举星旗，齐聚高星驻星际仲裁法庭代表团门口，就"捍卫红石星"问题进行游行。游行学生还举行了一个签名仪式，上万名学生在古星旗上纷纷签下自己的名字，并派代表将这面古星旗转交高星代表团团长，但对方拒绝接收。

随着高星和古星的局势越来越紧张，致使古星方面赴高星旅游的游客数量急剧减少，高星很多旅行社没了生意，不得不关门歇业。只有极少数的旅行社还不死心，仍开着门，时刻关注红石星的局势变化。

高星海来旅行社就是其中之一，旅行社的大厅内，老板和导游们坐在沙发上看新闻。

“本台刚刚得到最新消息，古星又有十四艘飞船即将抵达红石星附近。同时，我星也将继续向红石星增派飞船，但具体数量还未查明。有消息称，这次行动很有可能致使双方矛盾激化。关于这一事件的后续进展，本台将继续进行跟踪报道。”

“哎，你说，古星到底派了多少星舰？”旅行社的老板娘，嗑着瓜子，问向坐在一旁的秃顶男人。

“我上哪儿知道？”秃顶老板斜了他媳妇一眼，“那群二货，为了一个小破星球，整天嚷嚷着要和人家开战，也不想想自己有几斤几两。”

“是啊，要打早打，老是这么拖着影响生意。”一个年轻的男导游接口道。

“听说来自古星的客运船只有三个人，除了两个记者外，就剩下一个五十二联邦的老头。对了，老头子，你联系到其他星球的旅游团了没？”

“一听这边要打仗，哪儿的人都不来了，还联系个屁啊。要不咱们干脆转行卖水果得了！”老板半开玩笑地说。

“老板，我劝你还是算了吧，我表叔就是贩水果的，现在生意也不行了。”男导游苦笑了一声说。

“怎么回事？”老板坐直身体，好奇地问。

“听说咱们星球的水果被古星海关禁运了，说是不合格。”

“妈的，这世道还让不让人活了！他们打他们的，和我们老百姓有啥关系！”

高星总统范剑三世在诸多压力之下试图缓和与古星的紧张关系，提出愿意与古星合作采矿。范同被召回商谈相关事宜。在路上，范同认真思考这条政策在本星的影响以及在南线联盟成员星内产生的影响。但是见到范剑三世之后，范同就知道自己想多了，范剑三世完全只为他下次的总统竞选做准备，范同心中有些失望。

第十二章

舰长华军磊派出的特别行动小队已经出发，华军磊在母舰上，一有时间就去看望奶奶，华奶奶虽然醒过来了，但仍然很虚弱。

“军磊，有你妹妹的消息了吗？”奶奶每天都会问这个问题。

“我已经派人去找她了，估计很快就有消息了。”华军磊不想奶奶担心，隐瞒了妹妹被高星扣押的消息。

“军倩这孩子……”华奶奶说到一半停下来，过了好久才缓过来，“你要好好照顾她啊！”

李顺东急匆匆地来找华军磊，带来了新消息。“红石星发来消息，说我们在红石星附近的星舰已经从之前的十四艘增加到了三十三艘。”李顺东说着，把手里的详细情报递给华军磊，上面写着派去的各种战舰的型号和数量。

华军磊迅速浏览了一遍，问：“高星有什么反应？”

“高星只剩下两艘战舰留在红石星附近，我们的边境巡逻船用探照灯驱逐他们，并发出警告，禁止高星的采矿船重返红石星附近。”李顺东说。

“继续观察。”华军磊心中有些烦闷，红石星的争端拖得越久越不好解决，时间拖得长了，中间还会出现变故。

在华军磊收到消息的同时，古星外交官约见了高星驻古星使馆临时代办，就当前红石星的事件向高方提出严正交涉。古星没有被范剑三世的转变迷惑住，也做好了应对高方扩大事态的各种准备。

华军倩和同伴大雄、罗斯被关在羁押所已经好几天了。这段时间以来，三人已经通过每天出去放风的时间摸清楚了羁押所的基本情况。一天深夜，估计羁押所的人都睡着了，华军倩凑到铁栏边，悄悄把她的越狱方案告诉了同伴。三人一拍即合，大雄还对方案的漏洞做出了补充。这几天的牢狱生活，快要把三个冒险者逼疯了，当即决定在今晚就动手。华军倩早就从侧面了解过了，羁押所的看守对三人并没有采取什么特殊防备。华军倩从床板底下拿出一个磨剑的铁勺子交给罗斯防身，三人之中，她的实力稍弱一点。

准备好之后，华军倩抱住肚子，痛苦地叫了两声："哎哟，疼死我了。"

"快来人，她肚子疼得不行了！"罗斯抓着铁栏杆，向走廊里大喊。引来了两名看守。

华军倩疼得龇牙咧嘴，身体蜷缩成一团，豆大的汗珠从额头上掉了下来，叫的声音越来越小，"救我……救我……"

两名看守没有处理突发事件的经验，看华军倩的样子也不像是装的，心里慌了神。大雄隔着铁栏杆叫道："你们两个还愣着干吗，快叫医生啊。"

"羁押所是临时搭建的，没有医生。"

"居然没有医生！"大雄听了气愤地一拳砸在了墙上。

罗斯焦急地问道："药有吗？哪怕是一点止痛药也行啊。"

"药是有，可我们两个都不懂。"

罗斯一听有药，马上说道："我懂啊，我是随船医生，快带我去拿药。她的情况很不好，再晚一会儿就危险了。你们也不想她出什么事吧。"

两名看守商量了一下，"那就带她一起去，你们背上她出来，我带你们去拿药。"

正在装病的华军倩听到看守的话差点就笑出声来，这两个家伙也太贴心了吧，原本只计划着能让罗斯从牢房里出来，找机会打晕看守。这两家伙居然要把三个人都放出来，作为回报，一会儿下手的时候轻点吧。

看守打开了三人的牢门，还指着大雄说："快点背起她来跟我走。"

大雄没动，看守有些奇怪，扭过头来就看到一个硕大的拳头到了眼前，接着眼前一黑，就什么都不知道了。罗斯从看守身上搜出走廊钥匙，将两名看守塞到床下，跑出了监区。

这羁押所是临时搭建的，里面的人员都是临时从各个部队抽调出的二线人员，完全不是他们的对手。三人一路上又打昏了五六个看守，逃了出来。他们的飞船就停在不远的地方，三人急忙赶了过去。

刚跑几步，羁押所就响起了刺耳的警报声，三人暗叫一声不好，被发现了！

“他们向飞船那边跑了！”看守通过监控系统，很快锁定了三人。“不能让他们跑了，快追！”警报声还引来了附近一只巡逻队。身后追逐的人越来越近，三人只能靠两条腿拼命地跑。跑得肺部火辣辣的疼，罗斯体力不支，速度逐渐慢了下来，华军倩拉着她一起跑。

等华军倩用指纹打开飞船，进去关上船门的时候，羁押所的人已经追到了眼前，都可以看清楚他们的样子了。华军倩满身大汗，启动了飞船。看守试图阻拦飞船起飞，却晚了一步，飞船已经脱离地面。

“给我追！”巡逻队的人大喊一声，转身走向旁边的一艘军舰，其他人也迅速跳了上去，既然被他们遇上了，就不能让他们跑了，在军队的眼皮子下面，让三个古星人跑掉，这要是传出去，军队的颜面就丢光了。

飞船顺利起飞，三人松了一口气。华军倩说道：“总算逃出来了！”

罗斯躺在地上大口地喘着粗气，过了一会儿才说：“队长，刚才你装的实在是太像了，连我都差点被骗了！”

大雄也在一边附和道：“队长，你该去拍戏，说不定今年的影后就是你的。”

华军倩一点也不轻松，她发现了后面的高星军舰，这群可恶的高星人居然死追着不放。两艘飞船距离只有几百米，与高星军舰相比，华军倩飞船的速度太慢，舰体还受损。看着后面的军舰越来越近，三人刚落下的心再次悬了起来。

“再被抓可没那么舒服了吧。”大雄已经开始思考后路了，羁押所的儿名看守都被他揍了，要是再落到他们手中可就悲惨了。

罗斯有了意外发现，“队长，你快看，古星光筝！”

华军倩一看，的确是古星的军舰，真是山穷水尽疑无路，柳暗花明又一村！华军倩将飞船停在了光筝后面，高星巡逻舰迟疑了一下，灰溜溜地回去了。华军倩三人击掌庆祝。

“请表明身份。”光筝发来了询问，华军倩的飞船又不是矿船，高星军舰为什么追着不放，在这个特殊时期，任何事情都变得很敏感。

“我们是红石星的探险船，谢谢你们帮我们摆脱了讨厌的高星人。”

对方沉默了一会儿之后，发来一条令三人惊讶的消息。“请问华军倩在你们舰上吗？”

华军倩大感意外，古星军队怎么会知道我的名字？她马上回答，“我就是华军倩，请问你们怎么知道我的名字？”

“唉！”对方传来一声叹息，“居然自己跑出来了，没得打了。”

华军倩听出对方有些失望，弄不明白对方是什么意思。那个声音又说道：“我是特别战术小组队长郝非凡，奉舰长之命前来解救你。”

舰长？华军倩一头雾水。什么时候高高在上的舰长也会关注起她这样的小人物了。

对方又补充了一句“我们舰长名叫华军磊！”

华军倩一下愣住了。

华军倩和两个同伴来到赤龙号上，华军磊早已在外面等着他们。华军倩从破旧的飞船上跳下来，一看到多年不见的哥哥，只感觉鼻子一酸，有种说不出的滋味儿。

华军磊马上迎了上去，看着华军倩千言万语涌到嘴边变成一句：“小倩，你回来了。”

“哥！”华军倩再也忍不住，一头扑进华军磊怀里。离别多年，脑海中想了无数次重逢的情景，没想到真的相遇时，竟然是这样的场景。

华军磊拍拍华军倩的肩膀："让你受委屈了。"

华军倩感觉华军磊还把自己当小孩子看，不服气道："哥，我已经不是小孩子了，这次是我自己逃出来的。"

"好，我知道我家小倩长大了，都成探险队队长了，厉害得很呢！"

华军倩一跺脚，"哥，你笑话我！"

"快走吧，奶奶在等你呢。"华军磊说。

华军倩走了几步停下来："哥，我的飞船……"

"我会找人修理的，你的队员我也会安排好的，我还有一个好消息要告诉你，在日月星的堂兄华军浩正往这边赶来，大概两个星天，我们就能见面了，这次可是真正的一家团聚了。"

两人刚走到病房前，一个护士慌慌张张地跑出来，华军磊急忙问："护士，怎么了？"

"华舰长，你快去看看吧，华奶奶她……"

华军磊一把抓起华军倩的手，冲进病房。等他们来到奶奶的床前，奶奶眼睛半眯着，看到两人进来，努力地睁开了眼睛，低声道："军倩，军磊，你们……回来了……"

华军倩在奶奶的病床前蹲下，上前攥住她的手："奶奶，我回来了。"

华奶奶无力地点了点头，声音也变得越来越虚弱："你们两个，要好好的……"

华军倩点点头，强忍住不让眼泪掉下来。华军磊见奶奶伸手，赶忙握住她的手："奶奶，您好好养病，等病好了，我们三人一起再也不分开。"

"死老头子来接我了。"华奶奶的声音轻飘飘的，没有半丝力气，她伸手用最后一丝力气把华军磊的手放在华军倩的手上，安详地闭上了眼睛。

处理完奶奶的后事，华军倩连着几天都不肯说话，华军磊找她她也不理。一天，华军磊忙完，见华军倩气冲冲地走了进来。

“小倩，什么事让你发这么大火啊？”奶奶去世对她打击太大了，她在心里恨死了高星人，要不是他们，奶奶肯定活得好好的。

“我问你，你们有那么多的战舰，为什么不去跟高星人打？”

听到华军倩问这个，华军磊愣了，不知该怎么解释，开战可不是那么简单的事，牵一发而动全身。

“高星人占领了我们的红石星，害死了奶奶，你是军人，军人不该保家护星吗，为什么不打？”华军倩怒道。

华军磊心里也很难受，奶奶最疼爱自己了，可是，这个时候他却什么都不能做：“小倩，我只能说时机未到。”

华军倩转过头，不理会他。心里却在抱怨着，就你借口多，奶奶因他们驱赶而被逼死，你还这样不管不问。连家都保不了，还谈什么护星！”

“算了，我只是一个小人物，没你一个大舰长有深谋远虑。”华军倩气呼呼地往外走。

“你要去哪儿？”华军磊说着，追了上去。

“我去哪不用你管。”华军倩越走越快。

“小倩，你的飞船坏了，还没修好呢！”华军磊喊道。

华军倩头也不回：“不用你修！”

华军倩叫来同伴，启动飞船，驶出了赤龙号，飞船运行正常。华军倩又试了一下，加速也没问题。原来他已经给我修好了，心里又有点舍不得离开他。

第十二章

在观察窗前看华军倩开着飞船飞远，华军磊无奈地叹了口气。多年不见华军磊已经摸不透妹妹的性格。正当他出神的时候，郝非凡的声音从身后传来："舰长，红石星子星那边传来消息说高星突然派出了多艘舰艇，我们怎么办？"

华军磊转过身，说："皇帝的命令是让我们静观其变，我们只能继续等下去。"

郝非凡点点头，他注意到华军倩的飞船不见了，试探着说："舰长，要不要我跟上去看看？"

华军磊愣了一下，明白过来郝非凡的意思，他本想拒绝，不过转念一想，华军倩冒冒失失地走了，确实让人有些不放心，郝非凡这两天也没事，于是应道："这样也好，不过千万不要让她发现你。"

"我明白，舰长。"郝非凡说完，转身离开了。

与此同时，在红石星子星上，高星的总统范剑三世正在接待两位贵宾，分别是来自五十二联邦的机甲专家巴顿和伊鲁米纳特星的魔法师菲利浦。巴顿算是老熟人了，上次军演巴顿是五十二联邦的指挥官，这次是以私人身份来的。菲利浦此前一直默默无闻，从来没在星际间崭露过头角，但实际上他是伊星魔法师少壮派的代表，自身实力很强。范剑三世花了很大的力气才请到他的。

红石星子星上停靠着一艘星舰和多艘空警船，有将近两百人的高星士兵驻扎在上面，他们正在子星上大兴土木，把古星残留的建筑全部清理干净，重新搭建高星自己的建筑。

范剑三世带着他的两名尊贵客人在查看各项工程的进度，将军庞光跟在一旁解说。谁都没有真正关心工程的进度，心里都在想不同的事情。

魔法师菲利浦是个干瘦的高个子，穿着一件黑色的袍子，表现得有些傲慢，除了范剑三世，对谁都爱理不理。他无意中注意到在他的头顶上，有好几艘明显不是高星的舰船停在那里。"那些是古星的船吗？"菲利浦问庞光。

庞光回说："那是古星的几艘矿监船，做做样子而已，不用在意他们，他们不会干涉我们。"

"他们最好老实一点，不然我会给他们一点儿教训。"菲利浦轻蔑地看着古星的星舰，心中盘算着，一个初级魔法就能把他们解决吧?

听了这话，范剑三世脸上挂满笑容，说："有法师在这里坐镇，古星的人不敢轻举妄动。"

一直冷脸不说话的巴顿突然开口说："总统先生，虽然我喜欢主持公道，但我是出于私人友谊才来到高星的，跟我们的星球无关。"

范剑三世愣了一下，随即点头说："巴顿先生说得对，我邀请两位来高星做客完全是出于私人友谊。"

听范剑三世如此说，巴顿点点头，说："事实也确实如此。"

话说到这个地步，在场的人都清楚巴顿的意思。庞光有些迟疑，说："但是想必两位也知道高星现在跟古星之间有一点矛盾，在这件事情上面……"

庞光话还没说完，就被巴顿打断了，他说："力所能及的事，我们不会推辞。"

"那就好，那就好。"庞光说。

四人继续往前走去。不远处有十多个高星士兵正在往一座高达五六十米的古星塔楼上安放炸药，准备实施定向爆破。这一幕被路过的菲利浦看在眼里，他瞥了一旁的巴顿一眼，说："刚才巴顿先生说要主持公道，就不知这公道怎么个主持法?譬如公道像这高塔，怎样才能让它倒向指定的一边?"

菲利浦赤裸裸的挑衅，谁都听得出来，巴顿却好像是完全听不懂一般，竟然反问菲利浦："菲利浦先生有什么好主意吗?"范剑三世知趣地闭上了嘴，两星虽然是盟友关系，不过历史上那段往事谁都清楚，伊星人的心里总是不自在。

“庞光将军，麻烦你让你的士兵们让一下。”菲利浦脸上露出笑容。

庞光猜到菲利浦想要干什么，马上撤离了高塔附近的士兵。确定没有人员滞留后，菲利浦上前一步，对着水塔举起了双手，开始向至高神祈祷。眨眼间，一幅泛着金色光芒的“忏悔者”图案出现在菲利浦的背后，渐渐空气中隐约凝聚出一只巨大的手掌，那手掌也呈金色，慢慢地伸向了高塔。

围在四周观看的人群惊呆了，他们从来没见过如此神奇的魔法。就在手掌马上就要够到高塔时，只听“嗖”的一声，一道蓝色光芒从天空中射了下来，不偏不倚正好击中“大手”。众人还没来得及反应，那虚幻的大手从前端一点点被“腐蚀”掉，最后竟然完全消失了。

菲利浦知道有人故意破坏了他的施法，他抬头往天上望去，却见一艘飞船从空中飞过。从外观上看只是一艘普通飞船，菲利浦还不确定是不是那艘飞船捣的鬼，那船就加速离开了。

菲利浦感到非常难堪，巴顿的脸上分明带着一丝讥讽。他马上替自己辩解：“来，这次看我的。”

庞光在一旁劝道：“菲利浦先生，施法失败的魔力反噬很厉害，虽然您实力雄厚，可还是休息一下吧。”庞光完全是出于一番好意，可在菲利浦听来这就是一种讽刺。刚才被疏散的士兵又开始搬运炸药。

菲利浦站在原地，气得咬牙切齿，心想：别让我再看见那艘倒霉的破船，否则我一定让它好看!

已经驾驶着飞船飞远的底米特里回想起刚才戏耍的那个可怜魔法师，就忍不住想要笑出来。如果每天都能遇到这样的事就好了。他一边笑着一边把一个火箭筒一样的东西放进船舱中，顺手从地上拿起一瓶酒。

底米特里一边往嘴里灌着烈酒，一边往驾驶室走去，他把酒瓶子往控制台上一放。把飞船的飞行模式切换到手动，吹着口哨驾驶着飞船。大概走了有半个星时，底米特里的一瓶酒已经喝得见了底。他晃了晃空空的酒瓶子，打了个酒嗝，站起来到货仓里又拎了一瓶出来。

等他返回控制台的时候，从观察窗看到在飞船的正前方，一艘标有古星标志的星舰在朝他飞过来。

“啊哈，情报很准确嘛，目标出现了。”底米特里仰头灌了一口酒。

华军倩对华军磊有些失望，离开赤龙号时她决定自己去为奶奶报仇，给高星人一个教训，让他们知道古星人不是那么好欺负的。她带着大雄和罗斯，一刻不停地往红石星子星赶去。

“大雄，跟在后面的人甩掉了？”

“看起来是甩掉了。”大雄抬起头看了华军倩一眼，“其实华舰长对你挺好的，还专门派人来保护你。”

“别再提他了，一说起他我就生气。”华军倩气呼呼地说。

罗斯在旁边插话说：“毕竟他领导着一支舰队，做事情总要瞻前顾后思虑周全，也不能怪他。”

“你们两个就知道替他说话，他怎么收买你们了？亏我还把你们当亲人看。”

“要说亲，华舰长还是你哥哥呢，听说是青梅竹马一起长大的，我们两个比不了。”大雄调侃起华军倩。

说话间，迎面有一艘飞船朝他们飞了过来，那飞船不知道什么原因飞得歪歪斜斜，竟朝他们撞过来。华军倩驾驶飞船试图躲避，不过那飞船却像是故意盯准了华军倩的飞船，无论她怎样闪躲，对方总是能改变路线朝她撞来。终于，两船还是撞上了。飞船一阵摇晃，险些把华军倩从座位上掀下去。

华军倩好不容易控制住飞船，透过观察窗发现肇事的飞船正在逃逸，也不似刚才那样歪斜。华军倩顿时心头冒火，撞了我还想跑，看我怎么收拾你！华军倩马上掉转飞船的航向，同时对身边两人说：“大雄，罗斯，追上这个不懂礼貌的家伙，给他一点颜色看看！”

肇事的飞船是一艘普通的商用船，在星系间只要是有钱谁都能买到，她倒要看看是哪个星球的家伙这么嚣张，撞了就跑。

追了一小会儿，前面的飞船竟然慢了下来，眼看华军倩就能追上了，谁知对方突然向后发射了一样东西。华军倩以为是某种攻击武器，想要躲避也来不及了，那东西直接砸在了飞船的观察窗上。破裂之后流出一种黏黏糊糊的液体，液体挥发，成了雾气一样的东西，凝聚而不散。一小块飞船碎片碰到那片雾气，那东西剧烈燃烧起来，还引燃了观察窗上的残留物质。

“这是什么东西？”罗斯忍不住大叫起来，手上也慌乱起来，“大雄，快想办法灭火！”

大雄要冷静的多，他在控制台上找到一个红色的方形按钮按了下去。顿时，观察窗的上部开始喷液氮，这个装置本来是飞船的冷却装置，现在居然成了灭火器。

这下子华军倩更生气了，前面的那家伙先是肇事，刚才又不知用什么攻击她，这让她怎么咽得下这口气？等火焰完全熄灭后，华军倩看到肇事舰船竟然停在空中不动了。

华军倩感到很奇怪，这家伙难道又想要什么花招不成？她把速度降慢，小心翼翼地靠近那艘飞船。一直到了商船的近前，对方还是一点反应也没有。华军倩注意到商船的舱门打开着，从这个角度也看不清里边有没有人。

“怎么办？队长？”罗斯看了一眼华军倩。

“这叫请君入瓮吗？”大雄看着敞开的舱门说。

华军倩想了一会儿，下定决心说：“这样吧，我先进去看看怎么回事儿，你们留在船上。”

“不行，你是队长，还是我去吧。”大雄对华军倩说。

"不要争了，我只是上去看看。"华军倩说着，就把飞船右侧的舱门打开了。

大雄控制着把飞船和商船接驳，华军倩一步迈进了商船里边。商船内并没有什么特别的，华军倩也并没有遭到袭击，她没有见到什么人，就往驾驶舱的方向走去。

一进驾驶舱，华军倩一下子愣住了。只见驾驶舱的地上趴着一个穿着大皮袍、身材短小的男人，从背影看上去也不知道是死是活。华军倩连忙走上前把男人扶了起来，一股刺鼻的酒味飘进了她的鼻子。

华军倩哭笑不得，原来驾驶商船的是个醉鬼，开飞船都敢喝成这样。从浓密的络腮胡子和衣着来看是伏星人，伏星人嗜酒如命，今天总算是见识了。

"快醒醒。"华军倩摇晃着对方的身体，想把他弄醒。

伏星人慢慢地睁开眼睛，眼神迷离地盯着华军倩，口齿不清地说："咦？美女啊，我又做梦了？"

"快醒醒吧，你不是在做梦。"华军倩用力掐了一下伏星人的手背。

"好疼，原来不是做梦，你是我的客人吗？初次见面，请多关照，来，干一个！"伏星人伸出手去摸地上一只歪倒的酒瓶子，但是他却怎么也够不着。

华军倩对这个酒鬼佩服到五体投地，都醉成这样了还想要继续喝，为了让伏星人清醒过来，华军倩只好又掐了一次对方的手背。

"你在做什么？"伏星人多少清醒了一点，疑惑地看着华军倩，"你是谁？你怎么会在我的船上？"

伏星人不说还好，一说又点起了华军倩心头的怒火。她一把抓过地上的酒瓶子，扔到了更远的地方。"你还好意思问我？你知不知道你刚才驾驶的时候撞坏了我的飞船？"

"撞了？没有吧？我不记得了。"伏星人迷茫地说。

“这也倒罢了，你还朝我们发射了一颗燃烧弹？差点把我的船给烧毁了！”华军倩继续质问伏星人。

“燃烧弹？”伏星人的表情更加迷茫，半晌又舒展开来，“那是我的半瓶好酒，不小心飞了出去。”

华军倩啼笑皆非，这家伙醉成这样，还怎么跟他讲理？看来只能自认倒霉了。她搀扶着伏星人站起来，让他坐在座位上，说：“你喝酒的话就不要再驾驶飞船了，这样子很危险，我还有事，先走了。”说完她转身就要走。

“等等！”伏星人突然开口叫住华军倩。

“又怎么了？”华军倩回过身来问。

“你刚才说我撞了你们的飞船？”伏星人盯着华军倩说。

“是啊，不过看你都这个样子了，也就不追究你了，撞得也不严重。”

“那怎么行呢？男人就要敢作敢当，我把我的这艘船送给你吧，你看它还是全新的呢。”伏星人大大咧咧地说。

华军倩以为自己听错了，说：“你要把你的船送给我？”

“是啊，就这么说定了！”伏星人摇摇晃晃地站起来。

“你不是说醉话吧？”华军倩以为这个醉鬼又在说醉话了。

“当然不是，就这么定了，我走了，你可要好好使用这艘船。”伏星人说完，就走出驾驶舱。

华军倩几步追上伏星人，说：“不行，这是你的船，我怎么能要呢？而且你把船给了我，你怎么办？”

“我可以开着逃生舱走，就这样了，别再啰唆，女人可真烦。”伏星人真的转进逃生舱走了。

华军倩愣在原地，事情变化得太快，她还没能回过味来。大雄和罗斯也从对面迈了过来。“队长，刚才我看到从这边放出一艘逃生舱，到底是怎么回事儿？”大雄问道。

华军倩回过神儿来，把刚才发生的一切说给两人听。听华军倩讲完，大雄和罗斯也感到太离奇了。罗斯环视这艘莫名其妙归他们所有的飞船，说：“这么说，这艘船现在是我们的了？”

华军倩只能点点头。

大雄一声欢呼，说：“哈哈，那我可要看看这船上有些什么好东西。”急忙在飞船里四处查看起来。

三人在飞船了转了一圈，却什么收获也没有，这就是一艘普通到不能再普通的商用飞船，货仓里装的全是酒。大雄好奇地打开一瓶喝下一口，却发觉那酒又苦又涩，难喝极了。

“真难喝，刚才那个酒鬼是怎么喝下这玩意儿的。”大雄抹了一把嘴说。

因为意外获得了一艘飞船，华军倩他们一共有两艘船了。经过商量，他们决定由华军倩驾驶着他们原来的船，而大雄和罗斯开着新得来的商船，两艘船一前一后，继续往红石星子星的方向驶去。

第十四章

郝非凡被华军倩甩掉了，驾驶着星舰回到“赤龙号”星际母舰上，不知该怎么向舰长报告。迟疑间华军磊从里面走了出来。

“郝副官，你怎么在这儿？”华军磊一脸惊讶地看着郝非凡。

郝非凡没敢看华军磊，低头说道：“请舰长处罚我。”

“处罚你？”华军磊一头雾水，笑道，“你小子，又给我闯什么祸了？”

郝非凡抬头看着华军磊，一脸自责道：“我跟着你妹妹，结果……结果跟丢了。”

“就为这事？”华军磊对着郝非凡的胸口轻轻捶了一拳道，“我还以为什么大事呢，这也怪不得你，那丫头鬼心眼特多，跟丢就跟丢吧。”

听了这话，郝非凡心里安慰了许多，看着舰长道：“可现在怎么办？”

“一个小丫头，还能干什么呀。等到气消了，自然就会回来了。”华军磊嘴上说得很轻松，心里此时却像热锅上的蚂蚁。妹妹就这样开着探险船跑去报仇，可她的船能干什么？万一被对方伤到怎么办？华军磊不想在郝非凡的面前表现出来，不然天知道这傻小子会干出点什么来。他有些后悔当初没有拦住妹妹，看了一眼郝非凡道：“从现在起，严密监视高星舰船的一举一动，一有情况，马上向我汇报。”

“遵命！”郝非凡向华军磊敬了一个军礼。

红石星子星上空不远处，古星的矿监船还在与高星星舰对峙，华军倩不想被矿监船发现，不然肯定会传到哥哥耳朵里。这次出来一定要给高星人一点颜色看看，于是华军倩驾驶着探险船绕了个弯子，从侧面向红石星的子星靠近。

“队长你看。”罗斯指了指下面，一脸怒意。

华军倩顺着罗斯手指的方向看过去，发现高星竟把红石星子星中央硕大的区域推平，建起了星舰停靠基地，旁边还有一栋具有高星风格的建筑，上面插着高星的旗帜。

“这帮家伙真不要脸，竟然在我们的地盘上建起了他们的基地。”华军倩气得咬牙切齿。

通过两艘船建立的通信，大雄在商船里听到了华军倩的话，也向下看了看，顿时一股热血冲上心头：“队长，我们干脆下去把他们的基地给炸了。”华军倩虽然报仇心切，但并不傻，她扫视一眼红石星的子星，发现上面竟停靠着数艘高星的星舰，便道：“别急，先探明情况再作打算。”

就在菲利浦还为刚才的失利感到尴尬时，眼前忽然一亮，他有点不敢相信自己的眼睛，眨眨眼睛再看，发现空中刚才那艘舰船去而复返。

“我不找你，你倒是自己送上门来了。”菲利浦暗暗叫好，他已经迫不及待想把这艘令他颜面扫地的舰船打下来，一方面可以一雪前耻，另一方面也能灭一灭巴顿嚣张的气焰。

“你们看，那艘船又来了。”菲利浦兴奋地说道。

范剑三世急忙看过去：“真是不怕死啊，我让庞光抓住他们。”

菲利浦立刻摆手阻止道：“不必，刚才他们打断了我的魔法，这次可没那么幸运，看我怎么收拾他们。”

巴顿团长冷笑道：“这次可千万别再被失误了，不然就不是人家运气好了。”

“大家瞧好吧。”菲利浦说完向前走出几步，嘴里开始向至高神祈祷。

“你们看，红石星子星上发光的是什么？”大雄在那端叫喊道。

听到大雄的声音，华军倩向下扫视一眼，看到了菲利浦身后金色的忏悔者标志，大惊失色：“不好，有人在施展魔法，很明显是冲着我们来的。”

虽然没有见过真正的魔法的威力，但是从华军倩的表情中，罗斯已经意识到情况危急。她和华军倩一起探险这么长时间，还是第一次见到队长如此紧张。

"队长，那我们现在怎么办？"。

华军倩大脑飞速运转，想着解决的办法："大雄，我们船上是不是有一架'天雷地火'？"华军倩说完已经向外跑去。还没跑到舱门的时候，扬声器里传来了大雄肯定的声音。

罗斯快速跟上华军倩，"天雷地火"是用来吓唬野兽的，威力并不大，把它搬出来对付魔法师会有用吗？

两人来到仓库，华军倩的眼睛定格在角落里一架古铜色的大炮上，这火炮便是天雷地火，旁边还放了一箱子的炮弹。这种炮制作很简单，使用时把炮弹放进炮筒里便是，后端有一个点火装置。这样一个简单的炮之所以取名天雷地火，在于炮弹本身。它采用的是一种空心炮弹，炮弹发射之后在空中发生第一次爆炸，声音极大，威力却很小，爆炸之后的碎片散开并在空气中燃烧，坠落到地面后，会形成一小片火海，这种火也很讲究，使用的材料能够发出火焰，但温度很低，这样既能用来驱赶地面的野兽，又能把副作用降到最低，这种火虽然很弱，但却能引燃其他的东西。因此古星正在考虑是不是禁止民间使用天雷地火。

华军倩和罗斯将天雷地火和那一箱子炮弹推到了发射台。华军倩一边将一人多长的空心炮弹装进炮筒，一边看一眼下面，看到"忏悔者"发出的金光越来越亮，知道魔法已经酝酿好了。"炮弹的威力可能不够大，我们要一起发功，运气好的话我们可以打断下面的魔法。"华军倩没有说下去，而是启动了天雷地火的点火装置。

嗖！声音不大，炮座向后移动一点，一人多长的炮弹后面拽着长长的火舌快速飞出，与此同时华军倩双掌向炮弹推出。瞬间，炮弹的速度增强了许多。

空心炮弹快速飞到了菲利浦等人的上空，菲利浦冷哼一声，手掌正要向上托出"光之审判"的时候，只听上空轰的一声巨响，犹如一个霹雳。

菲利浦以及众人吓了一跳，纷纷向上看，只见天空像下起了火雨一般，无数的火团快速向下坠落。

“这是怎么回事？”范剑三世说着连连后退，巴顿以及其他人见火点坠落下来，也跟着退后几步，只剩下菲利浦还愣在原地，没有躲避。

菲利浦知道这些火焰伤不到他。看着众人吓得纷纷后退，他又很得意，巴顿在他面前明显示弱了。想到这，菲利浦双掌向上，一只巨大的淡红色光矛在背后慢慢成形。

就在菲利浦准备把光矛射出去的时候，一颗天雷地火在他身边炸开了，菲利浦竟被这股气浪袭击，整个人被掀了起来。

“打断了，打断了。”罗斯兴奋地跳了起来。

华军倩长长地舒了口气，大雄充满了自信，喊道：“队长，再多发几颗，给他们点颜色看看！”

谁不想给他们点颜色看看，华军倩当然明白，第一次他们摸不清底细。下面的人也不是傻子，很快就会反应过来。“好，趁他们没反应过来我们再多放几颗。”华军倩调整了大炮的位置，这次她打算把天雷地火发射到高星的建筑上面。

“这是什么东西？没什么威力啊。”庞光在一旁惊讶道。

菲利浦从地上爬起来，拍打着身上的尘土，四周的火焰已经熄灭，虽然菲利浦没有受到一点伤害，却倍加狼狈。巴顿在后面看了笑道：“大法师，要不要回去好好休养一段时间啊？”

魔法两次被打断，这是菲利浦从来没有过的耻辱，他顾不上巴顿的嘲讽，暗中凝聚了一个散发着微弱白光的光团，向着空中的商船扔了出去。

“怎么回事？”华军倩刚要再次发射“天雷地火”，飞船却无缘无故微微晃动了一下。

“我这边也感受到了轻微的晃动。”大雄在那端说道。

华军倩想了想：“别管那么多了，放完我们就走。”

发出的那团白色光团其实是菲利浦试探两艘船舰的，结果让他有点吃惊，暗暗忖道："竟然一点防御力都没有，哼哼，这次我一定让你们化成灰烬！"

就这这时，天空之中又是几声爆响，这次大家没有躲避，像是看表演一样扬起了脑袋。不过看到火点坠落的位置却让范剑三世吃了一惊，军事基地上高高竖立的旗帜竟被坠落下来的火焰点燃，烧了起来，范剑三世感到这是对他的一种羞辱。

"这帮该死的家伙，庞光呢？"范剑三世暴怒道。

庞光这时从后面走上来，问："总统有什么指示？"

"立刻将那两艘舰船抓回来。"范剑三世吼道。

庞光立刻应道，转身便走。

"慢着！"见庞光要离开，菲利浦大声喝住。

庞光停住脚步，看了看菲利浦，又看了看总统范剑三世。巴顿嘴角一弯，露出一个冷笑，菲利浦还不嫌丢人。

"魔法师？您……"范剑三世疑惑地看向菲利浦。

菲利浦扫一眼大家，冷哼一声："对付他们还用不着派战舰去。"

"您有什么高招？"范剑三世早就不耐烦了，还要装得彬彬有礼向魔法师请教。

菲利浦冷冷道："刚刚若不是气浪打断了我的魔法，他们已经被我消灭！"

"您的意思是……可是……"范剑三世犹豫了，毕竟两次施法都没成功，第三次要还不成功，恐怕菲利浦更不好收场。范剑三世担心这会间接影响到和伊星的关系。"要不您先休息吧，这几天也累了，这等小事就让下面的人去做好了。"范剑三世是在给菲利浦找台阶下。

菲利浦却不领情，摆手道："不必了。"他甚至在想，用魔法攻击两艘毫无防护的空舰，真是拿大炮打蚊子。即便如此他也必须要做，这也是挽回面子的最佳方式。

不等范剑三世答应，菲利浦已经再次上前两步，口中默念咒语，大喝一声：“光之审判！”

就在华军倩等人打基地打得开心的时候，罗斯忽然大叫一声：“队长快看！”华军倩看过去，然而此时菲利浦的光矛已经托出，再想用天雷地火打断已经不可能了。

“全速撤退！”华军倩通过通信器向大雄喊道，加快了探险船的速度，向后闪躲。看到空中一条光矛飞来，大雄慌忙驾驶着伏星商船向后退出，刚退一点，光矛便劈在了前方。

范剑三世以及巴顿都睁大了眼睛，光矛的威力确实强大，看到两艘舰船开始远离子星，范剑三世忙提醒道：“法师，他们要逃了。”

菲利浦冷冷道：“想跑，没那么容易！”说完口中咒语不断，金黄色的光矛再次出现在身后，这几乎是他全部的力量所在，用“光之审判”攻击毫无防护的舰船，三成法力便可，但菲利浦却使出了七成的法力，誓要将这两艘舰船化为灰烬。

“队长，攻击又来了。”大雄已经把舰船的速度调整到最高时速。

根本看不见光矛的运行，它的速度太快，带着猎猎的风声，瞬间劈来，华军倩急忙左转弯，探险船晃动一下，光矛擦着船体劈下去。华军倩松了口气，叫道：“罗斯，快向魔法师发射天雷地火。”

罗斯快速跑过去，将空心炮弹再次装进炮筒，启动点火装置，一颗炮弹嗖的一声飞出，轰的一声，又是一片火雨。

“法师小心！”范剑三世说完，赶紧后退了几步。

菲利浦早有防备，还没等火点坠落下来，怒喝一声：“光之护甲！”刚说完只见他身体周围的光罩忽然迅速膨胀，形成了一个超级大光罩，把在场所有的人全部罩在了里面。火点落在光罩上面，瞬间消失，里面的人开始惊叹起来，纷纷盛赞菲利浦魔法高超。就连巴顿也一改前面的讽刺态度，说了一句："施法速度很快。"

菲利浦受到了鼓舞，光罩慢慢缩小，菲利浦接着又托出了一支金色的光矛。

"罗斯，快用天雷地火。"华军倩叫道。

"队长，空心炮弹已经被我们打光了。"

华军倩的心向下一沉，没说什么。光矛飞速劈来，不过这次角度稍微差了一些，或许是菲利浦求胜心切，用力过大，光矛竟从华军倩他们的舰船上空飞过，劈向了不远处的一艘古星矿监船。

"船长，有不明物体来袭！"矿监船上的警报响了起来。

船长眉头一紧："给我打下来！"然而这边还没来得及反应过来，光矛已经劈在了矿监船的左翼上，咔嚓一声巨响，矿监船左右剧烈晃动起来，而它的左翼竟被光矛劈掉一块。

矿监船开始摇摆不定，船长好不容易扶住控制台，抓起一只通信器道："我方受到攻击，请求增援，请求增援。"求援信息发出去后，四周的矿监船火速靠拢过来。

"队长，他们打坏了一艘古星矿监船，我们怎么办？"大雄气愤道。

华军倩知道事态严重了，便道："别管了，我们赶快撤离这里。"

"我们就这么离开吗？"大雄还不甘心。

华军倩解释道："我们的天雷地火只能吓唬人，现在波及到了古星矿监船，局势会有新的变化，我们继续留在这里就是等死。放心，我还会回来的。"

菲利浦同样意识到这次事情真的闹大了，本来双方的态势就很紧张，经他这么一闹，等于向古星宣战了。菲利浦看一眼范剑三世，小声道："我忽然想起还有点事要做，先走了啊。"

范剑三世当然知道他想开溜，但是又不能把他逮起来送给古星，这样做虽然可以给古星一个很好的解释，但是却会激怒菲利浦身后的伊星，越想头越大，还是点了点头。

菲利浦看一眼范剑三世，又看了看巴顿，低下头快速离开。

范剑三世思考着，转身看向庞光道："你赶快去和古星方面的人沟通，声明那艘矿监船不是我们袭击的。"庞光也知道事情的严重性，没做任何停留和迟疑，转身去了。

见庞光去了，范剑三世觉得还是不妥，又想了想，看向另一位将军道："先把我们的空警撤回，停靠在子星上的军舰也安排撤离。"

巴顿哼了声："这么紧张干什么？你反应未免过激了。"

范剑三世摇头道："巴顿团长，这弄不好就要开战了。"

巴顿冷笑一声："开战怕什么？虽然击中了他们一艘矿监船，他们也不过是又增派了一些，也没什么反应嘛。"

范剑三世苦笑一声道："或许会打过来呢，一旦开战，我这些舰船肯定不够打啊。"

"你未免太抬举他们了，古星不过是一只纸老虎罢了，他们若是有把握打赢，早就开战了。"巴顿冷冷道。

范剑三世觉得巴顿的话也有道理，一时间不知道该怎么办，如果巴顿明确表示支持自己的话，那肯定没有问题，想到这，便问："万一真打起来怎么办？"

巴顿看出了范剑三世的顾虑，但他的回答依旧很模糊："怕什么，没问题的。"

范剑三世身旁那位将军也劝道："总统，有巴顿团长在，我们不用怕古星。"

见范剑三世还有所犹豫，巴顿冷冷道："一旦开战，机甲团会迅速赶来，保证你们高星本土不受古星攻击。"

听到了这话，范剑三世立刻放心了，笑着问道："多谢巴顿团长，依你看，现在我们该怎么办？"

巴顿想了想，道："乘胜追击，立刻宣布取得了红石星子星的主权，同时进入战备状态。"

范剑三世催促身边的将军，"快按巴顿先生说的去做。"

第十五章

突发事件使得红石星上的局势变得更加紧张。而这一事件的始作俑者华军倩，闯祸之后也不愿意返回华军磊身边。对这位成了舰长的哥哥，华军倩感觉他被军队和星球束缚得太紧，没有自己探险队来的自由。而奶奶的死激怒了华军倩，害死奶奶的元凶，一定要受到惩罚！

“队长，”罗斯忽然对华军倩说，“前面有四艘战舰。”

“避开他们！”华军倩头也不回地说，在这个星域出现的，不是隶属于华军磊的古星舰队，就是高星的巡逻舰。

“不行。他们发现了大雄的商船。”罗斯说，“队长，他们发出了通话信号，接不接？”

“接进来！我看他们能把我们怎么样。”

出乎意料的是，出现在通信屏幕上的人既不是华军磊的属下，也不是高星士兵，而是堂哥华军浩。

“军浩哥哥？怎么是你？”华军倩惊讶地瞪着眼睛，不可思议地大叫。虽然之前她从华军磊口中得知堂哥要来，可没想到这么巧遇到了。

“小倩，果然是你。”屏幕中的男子浓眉大眼，双眼炯炯有神。他身穿一身军装，与古星军服很像，细节上又有些不同。肩膀上的将星显示出他的身份——日月星的第九舰队最高长官。面对最疼爱的妹妹，这位男子的语气竟然显得出奇的温柔：“军磊已经告诉我找到了你。并且给了我你的所有资料，包括你飞船的资料。不过，你怎么会在这里？”

“军浩哥哥，”看到堂哥，华军倩忽然有一种想哭的感觉，“奶奶被高星人害死了，我去找高星舰队替奶奶报仇，却打不过他们的魔法师。”

华军浩沉默了一下，说：“奶奶的事情，我已经知道了。军磊不肯出兵，自然有他的道理。但是，你也不该私自行动。”顿了顿，华军浩接着说，“你先到我的旗舰来。”

华军浩的旗舰是一艘中型战舰，上面有着日月星的彩绘。在导航器的指引下，华军倩顺利地将自己和从伏星带来的战舰降落在华军浩的旗舰上，见到了久违的堂哥。

“高星那些禽兽！他们不仅毁了我们的家园，还害死了奶奶！”

面对华军倩的愤怒，华军浩只能倾听。等到华军倩将一肚子委屈说出来之后，他才轻轻拍了拍华军倩的肩膀。

“奶奶的死，肯定会跟他们讨回个说法。小倩，这件事很复杂，你就不要管了。如果你不愿意回古星，可以先来日月星。”

“不行！”听出了华军浩话中的意思，华军倩一口回绝了：“我一定要亲眼看着那些家伙受到制裁。”说到这儿，华军倩忽然想起了什么：“军浩哥哥，你这次来红石星，是不是来打仗的？高星实力很弱，你的舰队可以轻松击败他们。”

一讲到开战，华军浩变得吞吞吐吐的：“小倩，你可能对军人还不了解。开战与否并非是我能决定的。军人需要服从上级的命令。”他忽然压低了声音：“小倩，你知道的。七皇子向来与皇帝不合，所以才被流放到日月星，建立自己的势力。这次我们舰队来到红石星，仅仅只是威慑高星而已。红石星子星毕竟是你们的领星。如果我们擅自开战，很可能会将日月星卷入泥潭中，这不是七皇子不愿意看到的。”

华军倩冷冷地哼了一声：“我就知道你和哥哥是一样的！军人！军人！连自己的奶奶都保护不了！还谈什么保家护星？日月星与古星的关系我知道，就算是双方貌合神离，但是七皇子与古星一脉相传，难道就眼睁睁地看着红石星子星被高星占据？”

“红石星一定会收回来的！”看着愤怒的华军倩，华军浩叹了口气，“只是过程会有些曲折。”

“那就等你该死的命令吧！”华军倩对身后的大雄和罗斯说，“我们走！”

“小倩！你别冲动！”华军浩头大无比，这个妹妹小时候就是一副牛脾气，十几年过去了，她还是这样。他无奈地说：“你的飞船只是探险船，根本无法对高星的军队产生威胁。如果你真的要去，我也不拦你，只是你必须得听我的！”

华军倩停下脚步，听到华军浩的声音从身后传来：“我必须要保证你的安全。我会通知军需官，送你一艘小型军舰，起码可以保证你们的安全。”

华军倩点点头，军舰无论是机动性还是防护性，都远远超过探险船，再去红石星报仇，也有了保障。

“虽然有了军舰，你也不能胡闹，真的遇到了危险，就往我这边或者古星的舰队跑。”

“我知道。”华军倩很感激华军浩的行为，华军浩送出一艘小型军舰，无疑承担了很大风险。

“那么，你就去吧！”华军浩挥挥手，“一定要注意安全！把这个带上防身。”

华军倩接过一看，是一把匕首，看上去有些年头了。她也没放在心上，随后收了起来。赠送给华军倩的小型军舰长五十多米，除了控制舱和休息舱之外，还有一个极大的货仓，恰好可以装得下探险船和商船。华军倩简单地收拾了一下，这才跟华军浩告别，带着大雄和罗斯再次朝红石星的方向飞去。

红石星上空战局明显双方都剑拔弩张，范剑三世受到巴顿的怂恿，不再惧怕战争。而古星方面莫名其妙地损失了一艘矿监船，也让古星高层大怒，群情激奋，要求开战。双方的舰队都进入了战备状态，严密地注视着红石星动态。

华军倩到达红石星子星时，还不明白发生了什么。她悄悄绕到高星舰队的后方，高星竟然毫无察觉。

“这次一定要给这些家伙一点颜色看看！”大雄挥舞着手中的拳头。作为一位探险队员，大雄驾驶技术一流，很快就掌握了军舰的操作系统，一心想给高星人一个教训。罗斯有些担心地问："大雄，武器系统掌握了吗？可千万别出乱子。我们面对的是一支军队。"

"没问题！"大雄自信地说，"我们这艘军舰火力强大，导航系统先进，高星的破烂根本就没法比。"

军舰的强大让华军倩很满意，但是她也不敢大意。战舰虽然强悍，但是可以调动的人手不足，而高星战舰数量很多。

"再往前一点！主炮充能，瞄准目标。"华军倩亲自挑选了一艘停在港口的星舰作为目标。主炮准备好后，华军倩才猛地下令："发射！"

一道激光柱从军舰的前端发射出来，能量束以摧枯拉朽的威势瞬间击穿了高星的战舰。被击中的部分直接汽化，消失在茫茫太空之中。剧烈的爆炸将整艘战舰拦腰炸成两段。

突如其来的攻击将高星的指挥官庞光打蒙了，以为是古星开战了。等锁定目标之后才发现是一艘没有标志的小型战舰

"浑蛋！给我杀了他们！"

华军倩也吃了一惊，没想到主炮的威力这么大。但是当她看到能量储备的时候，眼睛差一点瞪出来，没想到只一发主炮，便耗费了整艘战舰百分之二十的能量。

"队长！，他们追过来了！"罗斯观察到后马上报告。

"不要跟他们正面战斗，我们走！"华军倩命令。

"队长！前面也出现了高星舰队。"大雄问道："怎么办？"

"来的可真够快的！"华军倩在确定是高星军舰之后，果断下令，"全力突围。"

华军倩紧紧盯着雷达，高星的战舰虽然落后，但是数量众多。如果被他们围住，也得束手就擒。

高星战舰锁定目标马上开炮，无数炮弹呼啸着飞向华军倩的军舰，大雄不断躲避，大部分炮弹都落空了。偶尔有炮弹击中护卫舰，也被护卫舰

上的防护罩挡住。华军倩且战且退，可高星的战舰死死跟着不放。

此时堵在华军倩退回路上的一共是三艘高星战舰，虽然高星的战舰性能上和火力上都比不过华军倩的护卫舰，可是却数量众多。他们很快就计算出了华军倩后退的航道，然后三艘战舰用炮火将华军倩的后路截断。

"冲过去！"华军倩毅然下令。

"看我的吧！"大雄兴奋地大叫，驾驶着军舰从炮火的间隙中飞了出去。

庞光勃然大怒，对着通信器大吼："你们这群浑蛋！给我把它打下来！不管付出什么代价都要把它给我打下来。"

巴顿猜测这艘军舰十有八九是古星的，想到总统交给他的任务，站出来说道："将军，冷静点。你们的主要任务还是看好古星舰队，这艘不知死活的小船就交给我吧。"

庞光调整一下情绪，冷静下来一想，巴顿说的也有道理。既然超金机甲要出手，那军舰怎么也跑不掉的。他就将追出去的军舰召了回来。

华军倩正想着怎么摆脱高星军舰，罗斯却告诉她一个消息。"队长，追在后面的高星军舰都撤回去了。"她有些捉摸不透，高星的指挥官在玩什么把戏？难道就想这样放走自己？

"队长，我们去哪？"大雄询问道。

华军倩咬咬牙，冷哼了一声："看来高星人没把我们放在眼中，找个地方休息一下，等他们松懈了，我们再来给他们一下。"

"好主意！"大雄正要启动加速，舰体一阵剧烈的摇晃，差点将三人掀倒。

"有人在攻击我们！"大雄大叫。罗斯扫了一眼雷达，显示周围并没有星舰。"

华军倩从观察窗往外看，语气中有一丝颤抖："这！这是什么东西？"

只见远处的太空中，一片闪烁着金属光芒的人形物体排列着整齐的队形，朝护卫舰扑来。大雄看到后大叫："超金机甲！五十二联邦的超金机甲！"

五十二联邦的超金机甲赫赫有名，在星际间所向披靡。他们虽然只有两米多高，但是却装备了大功率激光炮、小型空对空导弹、粒子束射炮等等先进的武器，加上内置的微型核反应堆作为能源，使超金机甲拥有极强的机动力和持续作战能力。因为单体比战舰要小，速度和灵活度比战舰要强数倍。

眼前的超金机甲大概有五十余架，从阵形中飞出三架超金机甲，气势汹汹地朝华军倩扑了过来。华军倩不敢应战，只能狼狈地逃跑。

"队长！"大雄焦急地大吼，"这样下去不是办法！我们迟早会被追上！"

三架超金机甲紧紧跟在护卫舰的后面，激光束不停地射来，战舰的防护罩能量急剧下降，马上就要降到警戒线以下了。

大雄主动提出来，"我去引开他们。"

罗斯说道："你一个人太危险了，我也去。"

"甩开敌人之后，我们在老地方碰面。"华军倩仔细一想，超金机甲虽然厉害，但据说续航能力不足，飞得远点一定能将他们甩开。有了计划之后，华军倩将防卫炮火关闭，将大部分能量都供应在速度和防护上，大雄和罗斯飞快跑进仓库，分别进入了探险船和商船中。

两艘飞船迅速地从军舰上分离出来，朝不同的方向逃去。看到分离出来的两艘飞船，超金机甲略一停顿，各自选了一艘追了上去。

庞光看到分出的星舰，一下就认了出来，正是烧了他们星旗的那艘，马上对巴顿说道："不要让那艘船跑了，要让他们付出代价。"

超金机甲看出了三人的意图，增加了火力，铺天盖地的炮火朝三艘飞船打了过去，第一波攻击便击中了探险船的引擎，罗斯还没来得及进入逃生舱，一团明亮的火焰便从探险飞船内部爆炸开来，将整个飞船炸成了碎片。

“哦不！”看到眼前的景象，华军倩眼前一黑，差点晕了过去。跟随自己多年情同手足的罗斯就这么去了。“大雄！你快走！我来掩护你！”华军倩愤怒的眼睛都红了，她再次打开护卫舰的副炮，挡在了大雄的商船前面。

大雄的声音从通信器中传来：“队长！你想干什么！”

华军倩喝道：“快走！这是命令！你若不想我死的话！就去古星找华军磊！”

大雄犹豫了一下，终于还是咬咬牙，朝古星的方向飞去，而在他身后，华军倩的军舰对着超金机甲喷出了愤怒的火舌。

第十六章

矿监船被击毁的消息传回古星后，犹如一颗巨大的石子投入到湖中，立时激起了千层浪。全星民进行了一次激烈的讨论，人们有愤怒的，有谴责高星卑鄙的，有替牺牲船员惋惜的，还有少数漠不关心的。

老古餐馆内，人们又聚集在一起，讨论着南部星域的局势。人们在茶余饭后，聊聊红石星事件，也是一种乐趣。

“如果皇帝给我们三千人马，我就能扫平高星。”一个愤怒的青年向周围的人大声说。

“哎哟，不用三千人，我看你自己去就行了。”坐在一旁的瘦瘦的青年调侃道。

旁边一个中年人说道：“战争是一把双刃剑，依现在的情况看，还是不要开战的好。”

中年人的观点与星民的主流意见相反，年轻人问：“请问先生对南部星域局势有何高见？”

“我们的皇帝也不想打，打一场战争需要付出多大的代价？第一，打仗就会死人。生命不是儿戏，就算经历战争后活下来的人，也会在心灵上留下难以抚平的创伤！第二，打仗得花钱。说到底，想要赢，靠的是星球的经济实力。一场仗打下来，至少得耗费几十亿。如果不打仗，省下这几十亿投资教育、航天科技，将会有上百万的儿童受益，维护星际和谐易如反掌。”

“您说得有一定的道理，但是高星已经宣战了，难道我们退缩不成？”年轻人很激动，“如果我们没有反应，那岂不是太窝囊了？连一个小小的高星都敢挑衅我们，以后我们古星怎么在整个酷悟星系立足？”

“年轻人，得看全局。”

“从全局考虑，如何应对？”

中年人说：“咱们古星历来讲究以和为贵，采取外交手段就可以解决。”

“外交手段？是不是‘强烈谴责’‘绝不容忍’这些废话？不痛不痒，并没影响高星的侵犯意图。咱古星得对外强硬，古星就是因为总做“缩头乌龟”，才被人轻视，敢于冒犯。”

“你骂谁缩头乌龟？”中年人听出他话中的意思，声调高了三分。“我代表的是社会精英阶层，你们这些小民，他妈的懂个屁啊？整天就知道打打杀杀而后快，没有一点全局观念和技术含量。”

“什么精英？我看是缩头精子吧。”有人嘲弄道。

顿时，餐馆内的人哄堂大笑起来。每个人都带着嘲讽的眼神看着中年人，中年人受不下去，起身离开了。

南部星域，华军磊正焦急地等待着卢将军的命令。

自从矿监船被击毁后，官兵们群情激奋，纷纷上前请战。尤其是副官郝非凡，他多次向华军磊说：“只要我带领两艘中型攻击舰，实在不行先锋舰队也行，我肯定能打得高星屁滚尿流，为死去的兄弟报仇。”

作为职业军人，华军磊又何尝不想痛痛快快地和高星打一仗。但军人以服从命令为天职，只要上司没下达攻击的命令，他就不能开战，所以他在等卢将军的命令。

“报告。”一个士兵进入指挥室，打断了华军磊的思考。

“什么事？”

“报告舰长，前方发来战报，一艘来历不明的小型军舰与高星发生冲突，击毁高星战舰一艘。高星反击，在混战中一艘探险船被击毁，确定是您妹妹华军倩的探险船。通过内线确定您妹妹并不在船上，但目前下落不明。”

“什么？”华军磊听到消息后，十分震惊，“下落不明？”士兵没敢说话，华军磊挥挥手让士兵离开。

听到华军倩生死未卜，华军磊不敢相信这是真的。奶奶才离开没多久，妹妹就又出事了，不行，我得立即去找她。他走到门口，又想到卢将军的命令还没有下来，作为舰长不能随意离开舰队，心中烦闷至极。

华军磊在房间里来来回回走了几圈，最终主动联系了卢将军。实际上华军磊还有一个身份是卢将军的养子。当年与奶奶赌气离家出走之后，华军磊偷偷上了古星的星舰。到了古星后他流浪街头，遇到卢将军，就被他收养，走上了从军的道路。

卢将军将古星的情况告诉了华军磊。“昨天，皇上召开了内阁会议。会议上形成两派，以我为首的主战派强烈要求战斗，以财政部长为首的反对派不同意开战，担心战争会对经济产生影响，又怕战败带来不良后果。皇帝还没有做最后决定。”

“将军，我这儿可快顶不住了，每天请战的士兵快把我的房门挤破了。还有我刚得到消息，我妹妹的星舰被高星人击毁了。这差事我快干不下去了，不行您就另请高明吧。”

“你妹妹？你找到失散的家人了？”卢将军问道，“她怎么会被袭击？”

“我奶奶原本住在红石星上，爆炸后到了高星星域，被高星人驱逐，路上飞船又出了意外，我找到奶奶后没几天老人家就去世了。妹妹赌气出走，不知道从哪儿找了一艘军舰，与高星人打了一仗，现在生死不明。”华军磊把事情的原委说了一遍，接着说，“箭已经到了弦上，不得不发。”

“军磊，我理解你的心情，你再忍耐一下，这事很快就会有结果。”

“好吧。”华军磊关闭了通信器。把参谋李顺东找过来，这小子一肚子的鬼主意，华军磊想听听他的看法。

“舰长，这事好办，我们先派艘侦察舰过去搜集情报。”

“但是我们没有理由啊？”华军磊问。

“这理由不是明摆着嘛，高星说击毁矿监船是一起事故，我们就以调查事故为由派遣星舰。”

“好，那就让郝非凡去吧，作为我的副手，足够给高星人施加点压力。这小子这两天没事做也闲坏了。你陪他一起去，有发现立刻向我报告。”

郝非凡接到命令后，高兴得蹦了起来，带领着一艘中型攻击舰和三艘小型攻击舰就出发了。当他们行驶到红石星的子星附近时，通信器收到了呼救声。郝非凡从观察窗向外看去，不远处几艘高星军舰和两架超金机甲在追逐一艘小型军舰。

“郝副官，怎么了？”李顺东也注意到了情况，急忙问。

“李参谋，听声音被攻击的是舰长的妹妹，我们得救她。”

李顺东心中盘算着，冲突已经在所难免，怎么能在冲突中获得最大的利益而又不能让高星落了口实？还有那超金机甲，如果能摸清楚超金机甲的具体数据，也好有应对之策。他逐渐理清思路，想出了一个绝妙的主意，刚要开口，却见郝非凡驾驶着一艘小型战舰冲了过去。李顺东大急，凭借小型战舰的火力，绝不是不是超金机甲的对手。他赶紧下命令：“加快速度，追上郝副舰长。”

华军倩帮助大雄逃脱后，却被超金机甲死死缠住，怎么也甩不掉。眼看能量快用尽了，正当她快绝望的时候，忽然前方冲过来一艘战舰，她仔细一看竟然是古星的光筝，心中又有了希望。

郝非凡驾驶着小型战舰直接冲到超金机甲的右侧，对着它一阵猛烈的轰击。

超金机甲正要强行突入华军倩的星舰，没想到斜刺里突然杀出一艘战舰。它躲避不及，被炮火击中。虽然没造成什么损坏，但是对方的行为让超金机甲的驾驶员有些恼怒，马上锁定了郝非凡的战舰作为攻击目标。

“右侧导弹袭来，右侧导弹袭来。”星舰发出警告，郝非凡急忙扭转方向，朝后躲闪，导弹也一个转弯，跟了上来。

“郝副官，快后退。”就在导弹击中郝非凡星舰的前一秒，李顺东命令舰上的神炮手开火，击毁了导弹。郝非凡趁机靠上了华军倩的星舰，把她引向古星阵营。

“居然是古星军方在背后捣鬼，和你们没完！”高星军舰将古星光筝接走目标的事情报告给了庞光。巴顿听到后冷哼一声，“古星光筝居然敢挑衅我们的超金机甲，看我给你好看。”他对超金机甲下达了命令。

两架超金机甲得到攻击命令之后，以高速突破至古星光筝下方，释放了剩下的导弹。在这么近的距离，李顺东根本无法躲避，也无法启动护罩，所有导弹都击中目标。其中一枚命中了光筝的弹药库，引起了剧烈的爆炸。船上的人都没来及做出反应，整艘船化作了一枚巨大的火球，强烈的冲击波将周围的光筝推出了很远一段距离。

“李参谋！”郝非凡愤怒到了极点，虽然他不太喜欢李顺东的诡计，但怎么说也是战友，朝夕相处了一段时间，怎么能没有感情，舰上还有他的一群兄弟，愤怒驱使郝非凡要去找超金机甲拼命，被手下死死地拖住。华军倩的心里也不舒服，因为自己的鲁莽，罗斯失去了生命，为了救自己，一艘古星光筝被击毁。要是老老实实听哥哥的话，这些事都不会发生了。

这个结果超金机甲也没想到，导弹的数量消耗了一半，不足以击毁中型光筝，没想到这么巧击中了弹药库。这下问题严重了，超金机甲和高星战舰悄悄退走了，郝非凡也只好返航。

范剑三世得到古星一艘中型光筝被击毁的消息，心中又高兴又担忧。古星舰队在超金机甲面前不堪一击，这一事件还能把五十二联邦和自己牢牢绑在一起。担忧的是战争已不可避免，高星可以战胜古星吗？范剑三世自己心里一点底都没有。思量再三，范剑三世召来心腹范同，派他出使古星，解释这一事情。

范同离开后，巴顿走进总统府，寒暄之后问：“总统先生这么紧急地找我来，有什么事吗？”

"巴顿先生，我们可是击毁了一艘古星战舰？"范剑三世极力装出一副镇定的样子，但他说话的语调出卖了他。

"原来是这件事，我刚接到总统的命令，由我们帮你，不用把古星的反应放在心上。"巴顿语气很强硬，充满信心。

"有您这句话就足够了。"范剑三世听到巴顿的保证，吃了一颗定心丸，古星就算再厉害，也绝不是五十二联邦的对手。

华军磊接到郝非凡的报告后，十分震惊，过了半晌，才喃喃地问道："李参谋牺牲了？"

郝非凡眼圈红红地说道："是我失职，没有保护好李参谋。"

"高星这群混账，吃了雄心豹子胆了。"华军磊下达了命令，"所有战舰一级战斗状态！"

"是，舰长。"郝非凡明白，真的要开战了。

结束了与郝非凡的通话，华军磊马上与卢将军取得联系，汇报了战况。卢将军沉默了一会儿之后，严肃地说道："华军磊听令：自今日起，南部星域局势由华军磊全权负责。对于高星的战事，是战是和，自行斟酌！"

"明白！"华军磊心里清楚，事情发展到这一步，古星已经不能再退让。华军磊开始准备作战计划，一名士兵向华军磊报告："报告舰长，有一艘商船的驾驶员要见你。"

"商船？"华军磊一头雾水。

士兵又说："他说是您妹妹的手下。"

"是大雄！"华军磊想起来了，妹妹的手下有个不错的小伙子。"走，看看去！"

华军磊还没走到停机坪，大雄远远地跑过来，气喘吁吁地说："华舰长，倩姐有危险……"

"我知道，你放心吧，小倩现在已经安全了。"华军磊看到大雄身后的商船，有些奇怪地问道："你们离开的时候只有一艘飞船，怎么没一天时间变成三艘了。"

"军舰是队长堂哥给的，这艘是一个伏星老酒鬼赔给我们的。"大雄把事情的详细经过讲了一遍。

"我怎么觉得这其中有古怪，上去看看。"华军磊觉得这事也太巧了，妹妹刚离开就遇到了伏星酒鬼，对方居然连货物也不要了。华军磊拿起一瓶酒看了看，大雄又说道："这种酒很厉害，破裂后会挥发出一种雾气，像是冰絮，一碰到物体就会剧烈燃烧，我们的飞船差点被点着。"

华军磊更肯定了，这是一种武器，对方还演示了使用方法，这是为什么？华军磊一时间想不到答案，一个士兵急匆匆地跑到华军磊跟前，"报告，舰长，我们刚收到消息，郝副舰长受到攻击，需要我们支援。"

"全军加速！"下完命令之后，华军磊又对大雄说："马上要打仗，你也别乱跑了，等我接回小倩再说。"大雄点头答应。

舰队全速前进，赶往出事地点。等舰队赶到时，看到对方只有三架超金机甲，完全占了上风，郝非凡被动防御。一艘战舰已被击伤，还好来得及时，再晚一点就危险了。三架超金机甲看到古星主力舰队，一点没有撤退的意思，反而发起了攻击。

华军磊在星际航母上指挥着战斗，终于亲眼见到了超金机甲的威力，它们速度快，机动灵活，武器破坏力很大。舰队一起开火，才勉强压制住超金机甲的嚣张气焰。华军磊趁机将受伤的星舰拖了回来，把妹妹也接到了赤龙号上。

华军倩再见到哥哥，心情复杂，什么也没说。华军磊叫人找来大雄，两人相见，分外激动，想到罗斯的死，两人又很难过。

"报告舰长，三艘超金机甲朝这边冲过来。"士兵忽然说。

华军磊立即命令道："所有武器瞄准目标，听我命令开火。"华军磊紧盯着超金机甲，看他们近了，更近了。

“开火！”华军磊一声令下，所有的武器都射向超金机甲。

超金机甲灵活地左闪右突，避开了大部分的炮弹，偶尔被炮弹击中，也不在乎。因为它的外壳坚硬无比，一般的武器很难攻破。超金机甲立即还以颜色，朝星际航母发射激光武器。激光武器在靠近星际航母的一瞬间，消失不见了。

“古星的星际航母有保护罩。”一个超金机甲说，“不过不用担心，只要我们集中火力，对准一个地方打，就可以冲破它的保护罩。”

“好的。”三艘超金机甲立即朝星际航母的炮台攻打起来。

“想不到这么快就要使用最后的手段了，超金机甲，果然名不虚传。”华军磊下命令，“‘钢刀小队’做好战斗准备。”

“华舰长，我虽然不知道钢刀小队是什么，但现在还不到暴露自己实力的时候。可以用伏星的酒。冰絮正好可以压制超金机甲的机动力，再集中炮火就可以消灭他们了。”大雄忽然想到了商船里的酒，急忙向华军磊建议。

“不必了，有我们的‘钢刀小队’就足够了。”华军磊也想到了冰絮，但是冰絮没有使用过，不知道效果，不能确保万无一失。

华军倩见哥哥没有理睬大雄，赌气地说，“走，我们自己去！”

大雄走到商船内，拿起一瓶酒，试了一下重量，在心中计算了一下，以自己的内力酒瓶能扔多远。目测可以威胁到超金机甲。同时一个问题也产生了，如果不击中目标，酒瓶不会破裂，冰絮就不会挥发出来，那就完全没用了。在几十米内大雄还有把握，超出一百米那就全靠运气了。

“我哥既然说这可能是伏星送的武器，是武器就一定有发射器，找一找。”两人在货仓内一顿翻找，最后在酒箱子的下面找到几个半米长的管子，一端是密封的，另一端的开口大小正好放进一瓶酒，上面还带一瞄准器。华军倩塞了瓶酒进去，大雄瞄准了半天，也没反应。

华军倩认真思考后说：“这东西没有发射按钮，肯定是以内力之类的能量驱动的，你试试。”

大雄试着将内力输入圆筒内，感觉耳边叮的一声轻响，接着就是一股强大的后坐力差点将他推倒，从管子内喷出一道蓝光，正中超金机甲。超金机甲完全没将古星舰队放在眼中，正得意着，发现一道怪异的蓝光向他射来，刚想躲避，就被击中，竟一时无法动弹，一股彻骨的寒气包裹住了他，紧接着整个机甲都被冻住了。同伴们想要救他出来，刚一碰到他，冰块就化作了一个巨大的火球。

“大雄，我们成功了。”华军倩见到打掉了一个超金机甲，激动地拍了下大雄的肩膀，但没想到，大雄却痛苦地呻吟了一声。华军倩大急，“你怎么了，大雄？”

“没事，这东西后坐力太大，我的肩膀脱臼了。”

华军磊正准备让钢刀小队参战，突然看到一架超金机甲化成了火球。就知道是华军倩干的，跑过来正好看到大雄痛苦的表情，就帮他把关节归位。华军倩哼了一声将头扭向一边，大雄将冰絮的使用方法告诉了华军磊。

“小伙子干得不错，好好休息吧，下面就看我们的了。”华军磊叫来一队神机营的战士，告诉了他们冰絮的使用方法，一队人将酒瓶塞进圆筒，瞄准了剩下的两架超金机甲。这两架超金机甲失去了同伴，不肯离去，要为同伴报仇，一边高速机动，一边攻击舰队。超金机甲的速度实在是太快了，神机营的战士也无法击中，酒一瓶瓶地射了出去，在太空中形成了一团团蓝色的棉花糖。

这东西看来还是偷袭有用！华军磊正准备让神机营的战士停止射击，一架超金机甲不小心撞在冰絮上，竟然被粘住了。他的同伴想要救他，整片的冰絮猛烈燃烧起来，第三架机甲躲闪不及，一同被火舌吞没。

华军磊大喜，“这是好东西啊，还剩下多少？”

“报告舰长，没了！”

第十七章

巴顿没料到古星方面竟有专门对付超金机甲的武器，看着自己辛苦培养的战士就这么死了，心痛之余下达了撤退的命令。庞光见超金机甲撤退，也赶紧命自己的舰队跟在后面，暂时撤离红石星。

华军磊这才稍微松了一口气，他没想到高星会有数量不少的超金机甲，肯定是五十二联邦在背后捣鬼。华军磊马上向上级报告，事关重大，卢将军高度重视这一情报，召集参谋商量对策。

华军磊知道不久之后敌方一定会进行反扑，他必须趁这段时间，制订出一个应对超金机甲团的作战计划。伏星的冰絮用完了，那只有使用钢刀小队了。他伫立在星空作战图前好久，一个主意慢慢形成。他下意识地说道："李参谋，这是我刚制订的作战计划，你看一下有什么问题。"话一出口，他才意识到李顺东已经牺牲了。华军磊转而把各星舰指挥官叫了过来。

星空作战图不断变换，计划的每一步按先后次序一一在上面显示出来。看完星空作战图后，有人兴奋欣喜，也有人担忧。

"大家对这份作战计划有什么看法？"华军磊抬起头扫了一眼在场众人。

军官们纷纷提出了自己的看法和相应的修改意见，只有副参谋长在一旁沉默不语。

"魏参谋，你怎么看？"

"计划是没什么问题，只是感觉有点冒险。"华军磊没有说话，打仗怎么能不冒险呢。战争就是一场豪赌。

华军磊当场给军官们下达战斗指令：第一、二号主舰立即降落红石星，配合郝非凡带领的钢刀小队实施地面任务；六号主舰负责保护医药舰，必要时增援主舰；三艘小型舰负责空中侦察；其余星舰负责空中防卫。

郝非凡领命后，带领钢刀小组来到一号主舰，登上了红石星子星。随后，他带领士兵寻找一个土坡，在上面搭建掩体，然后又在附近架设防空火炮，增设火力点。等一切准备妥当后，郝非凡将一号星舰隐藏在火炮阵地后面，并用植物将主舰伪装起来。

高星并没有让他们等太久，很快三艘小型舰传来战斗预警，密密麻麻的光点出现在小型舰的扫描仪上，并极速向这边靠近。小型侦察舰赶紧向华军磊报告。

“报告，我是小一，我是小一，侦测到大量敌军靠近，请指示。”

“小一，小一，我是赤龙，立即查明敌方具体数量和型号，完毕。”

“小一明白。”侦察舰隐藏的上方星空中，无数武士级小型舰铺成一个巨大的圆环，圆环最里面一圈的军舰率先加速，舰尾喷出一道道白光，立马将身后的那圈战舰镀上一层银色，银色转瞬间就黯淡下来，第二圈战舰接着加速，喷出白色尾焰。白光就在舰群上一圈又一圈依次闪烁起来，整片舰群如同一枚不停闪光的戒指，分外耀眼。

“赤龙，赤龙，我是小一。对方为武士级战舰，数量太多，无法查明。重复，数量太多，无法……该死！”长频通信暴露了侦察舰的位置，最里面那圈战舰的炮管已然伸出来，舰身两侧的光团迅速积聚变大，化为两道碗口粗的光柱射向小型舰一号舰。

无数道光柱映亮了星空，小一舰长还没来得及开启防护罩，只觉得眼前一白，便失去知觉。接着，小一号猛地爆裂开，在黑色背景下，腾起一个耀眼的橘红色火球。

“小一小一，立即撤回，小一……”母舰内，通信兵扭过头，对华军磊说：“报告舰长，小一已经失去联系。”

“立即让所有作战单位做好战斗准备！”

“是，舰长。”通信兵拿起通信器，朝各个战舰传达命令。

接到命令后，所有主舰围成一个圆环，五艘中型舰则飞入主舰形成的圆环内，剩下一中型舰落于舰阵正中央，其余四艘呈四个方向散开，悬停在红石星上空，同时将除攻击系统外的所有设备功率调到最低。整个战舰群逐渐融入到太空黑色的背景中。

战舰内士兵开始紧张忙碌起来，每一个发射炮口都有三队士兵，排成长长的一列。其中一队为搬运小队，人数最多，负责从舰内仓库向这个炮口运送炮弹。一个小队为装填小队，主要负责炮弹的装填。第三小队为执行小队，负责瞄准和发功。三个小队中，一旦有人体力不支，后面的战士就会立即补上。

“舰长，目标已经进入主舰射程，是否下达攻击命令？”母舰内一个士兵盯着扫描仪说。

“命所有主舰攻击，高炮阵地准备！”华军磊走到扫描仪前看了一眼，对通信兵说。

一号主舰内，指挥官接到命令后，立马下令开火。发射炮口，两个满身肌肉的填弹兵从搬运的炮弹车上抬下一发直径一米左右的橄榄形炮弹，塞入装弹口。执行小队一人调整好炮口瞄准方向，另一人大吼一声，气沉丹田，双手猛向外推。

远处高星的圆环形舰队内环上的某一点，毫无征兆地爆发出一片刺目红光，接着目标内的舰船彻底消失，但很快后面又有战舰补上了缺口。随后，刺目红光接二连三地在内环上亮起。尽管如此，却依旧没能阻止高星舰群向红石星逼近。母舰内，华军磊果断下令，主舰全力开炮。

“加快发射速度！”一时间，各个星舰内都响起指挥官催促开炮的声音，搬运小队推着装弹车向发射口狂奔，填弹手则由两人一组换为四人一组，执行小队则干脆保持着弓步姿势，不停大吼着向前推出双掌。

主舰的攻击速度提高了一倍多，高星舰队群的内环一下子就被红光包围。所有舰长都清楚，现在是进攻的最好时机，毕竟我方主舰射程比对方武士级战舰远，一旦等对方靠近，这种优势也会荡然无存。

不料敌人竟出乎意料的顽强，尽管古星整个舰群的内环战舰已经换了不止两遍，但依然没有阻止对方的进攻。

华军磊紧紧地皱着眉，盯着扫描仪，刚刚的攻击消灭了对方大约五分之一的战舰，高星的舰群还在不停加速，没有溃败撤退的迹象。如果换做自己，他无法承受这个损失，是什么让高星人支撑下来？就在他苦苦思考的时候，操作扫描仪的士兵打断了他，“舰长，对方已经进入中型舰的射程。”

“这也就意味着，很快，我方舰队也将进入对方的射程内。”副参谋长在一旁补充道。

“开启防护罩，中型舰配合主舰上下自由攻击！”

所有光筝舰身蔓延起一层透明光膜，接着光膜一闪而逝。中型舰同时向上升，加入列对高星舰队的攻击队伍中。高星舰队被突然增强的火力攻击打乱了阵脚，前进速度暂时停滞，但很快又恢复过来。紧接着，高星战舰对古星主舰展开攻击。

每一艘战舰几乎同时冒出两团白光，然后向主舰射来。无数光柱连到了各个主舰上，却只在光膜上激起一片片涟漪。主舰指挥官们只看到窗外白茫茫一片，再也看不到战斗的场景。

难道对方要动用大量武士级军舰对我方进行攻击，真正意图不在于攻击本身，而是为了遮住我们的眼睛？

“舰长，地面部队报告，阵地上方发现大量登陆艇。”

古星指挥官明白了，对方清楚与古星空战不占优势，便将战略目标转移到地面上来，想凭借地理优势，发动人海战术。武士级战舰的攻击，不过是烟雾弹。

“通信兵，命令高炮阵地优先轰击敌方登陆艇。我方小型舰开启防护罩，攻击敌方成功登陆的地面部队！”

“是，舰长！”

高炮阵地接到命令后，对登陆艇进行炮击。无数红色炮弹拖着长长的尾焰，射向高空。登陆艇上，本来激动不已的高星士兵，突然看到一旁的另一艘登陆艇在他面前燃烧，接着炸成碎片。巨大的冲击波将他的登陆艇掀飞。

登陆艇里高星战士滚成一团，所有人都在祈祷着不要被古星高炮击中，周围的空气变得灼热，窗外满是红色的火光，耳边只剩下战友刺耳的呼喊声。

“打得好！”古星火炮阵地上，火炮营指挥官大声夸赞着手下这群头一次接触战争的新兵，鼓舞着战士们的士气。看着天空不断闪现的火球，他心里早已乐开了花。

“营长，快看！”一名士兵伸手指向前方的地平线。一群黑点正往这边冲。

“那是……该死，是超金机甲！”营长认出了那种东西，赶紧把一旁发呆的通信兵扯过来，“快，快向一号主舰报告，超金机甲出现了！”

“来得好！”一号主舰内，郝非凡得到消息后，转头对身边一排带着意念头盔的士兵说：“第一组钢刀战士准备！”

十个士兵坐到一排椅子上，以意念驱动一把长达百米的大刀。在钢刀军事学院每一个人都只见过大刀的模型，今天还是第一次见到真刀，都兴奋异常。当初训练时，教官曾说过以现在他们的能力，每人只能控制它十分之一的区域，而且必须协同作战、步调一致才能发挥出大刀的威力。

郝非凡看着跃跃欲试的钢刀战士，在心里赞道，都是好样的。扫描仪上，黑点离高炮越来越近。郝非凡大喝一声：“启动！”

一号主舰舱门猛地打开，明晃晃的第一恒星阳光照到大刀刀身上，椅子上的十名士兵同时闭上眼睛。听到郝非凡命令，十人提起双掌猛往外推。两个超金机甲没料到火炮阵地后竟还有埋伏，躲闪不及直接撞到大刀刃上，异常坚固的超金机甲竟然断成了两截。紧随其后的一架机甲，见状赶忙向上躲，却被大刀斩断双腿，从半空中坠落下去。

其他机甲赶紧停下来，高炮趁机瞄准其中一架机甲，将他击飞。那架机甲半天才重新飞起来，利用速度优势向高炮阵地发起攻击。

郝非凡指挥钢刀小队拦截，却由于灵活性不够，根本砍不中超金机甲。机甲的导弹一枚接一枚钻进高炮阵地内，一声声震耳欲聋的爆炸声响起，腾起大量烟尘。整个土坡都随之颤抖起来，身在一号主舰内的郝非凡都能感受到大地的震动。

郝非凡眼珠子瞬时红了："拦住，必须给我拦住！"

钢刀小队十名士兵也焦急起来，如果再不拦住超金机甲，高炮阵地必然会被夷为平地。那些战士必死无疑。他们拼命催动大刀，追着机甲狂砍。

阳光下，大刀映出耀眼的白光在黄色烟尘中上下翻飞，钢刀小队的军服早已被汗水浸透，每个人的脸色都变得异常惨白。

"妈的，拼了！"其中一个士兵猛给大刀刀面施了一个向上的力。其他人立马领会了他的意思，大刀刀面一下子立了起来，横着十多米宽的刀面向超金机甲拍去。

烟尘被大刀卷起的风吹散，三个超金机甲直接被大刀拍飞，重重砸在地面上。钢刀小组战士猛地一抖，接着一个个咳起血来。其中四个直接昏死过去，郝非凡咬着牙，大吼着："快！第二组补上！"

周围的士兵把昏死过去的四人抬到一边，紧接着四个替补队员毫不迟疑地坐到了驱动钢刀的椅子上。

这一刻，整个高炮阵地彻底安静下来，大刀闪着明晃晃的光，挡在高炮阵地前。剩下的超金机甲将重伤的同伴从地上拉起来。双方就这样对峙起来，谁也没有先动手。

"高炮阵地请求支援。"高炮营长的声音通过通信器在一号主舰里一遍遍响起。

"高炮阵地，别担心，我就在你身边！"

“通信兵，通信兵，赶紧呼叫医疗舰，快！”郝非凡赶紧向华军磊报告战情。

赤龙号上华军磊接到消息后，意识到局势已经不妙了，钢刀小队不能克制超金战士，这场仗必输无疑。就在他思索还有什么补救措施的时候，高星在红石星成功登陆的士兵开始了总攻。

战场一角，数以万计的高星士兵潮水般向土坡涌来，郝非凡当即下令士兵反击。士兵们纷纷解下背上的圆筒——暴雨流星。然后单膝跪地，将圆筒一端扬起，另一名士兵将特制弹药装入圆筒。

“发射！”步兵指挥官大声吼道。

红色弹丸从圆筒里飞出，形成一道抛物线，当弹丸到达抛物线顶端时，轰然碎裂，化作无数具有热源跟踪功能的小球，沿着各自不同的轨迹，向高星士兵的头顶落去。一个个高星士兵的脑袋转瞬间变成一个个熊熊燃烧的火球。士兵惊恐地想要喊叫，但是光张着嘴，没有任何声响传出。也有人抱着头，开始在地上打滚，不一会儿，停止抽搐的士兵，就变成了一具黑灰。

士兵们陷入了前所未有的恐慌，大家四处乱窜。

暴雨流星的数量还是太少，尽管有着高效且大规模杀伤力，但是要应付如此多的敌人，还是有些不足。每一个暴雨流星至少反复发射了十次以上，甚者连圆筒本身都被烧成了赤红色。高星进攻队伍离古星守卫的阵地还有不足二百米的距离，士兵们直接将暴雨流星扔到一边，卸下背上的长刀插在一旁的战壕上，拿出五眼神铳朝敌人射去。

敌人也开始还击。古星战士由于有掩体遮挡，伤亡并不大，但是敌方伤亡惨重。很快阵地前堆积的尸体就有半米高。

机甲团发觉高炮阵地不易攻击后，忙又将目标移向战壕里的士兵，由于战壕太长，士兵太过分散，大刀根本无法护住这么多士兵。郝非凡灵机一动，直接指挥钢刀小队操控大刀专砍对方登陆艇，谁知无意中竟还砍掉一艘低空飞行的敌方战舰。

机甲团不敢继续放任大刀攻击，忙又放弃攻击士兵，和大刀再次对峙起来。

失去机甲阻挠的士兵凭借顽强斗志和强大的火力，终于遏制住对方进攻的脚步。

“长官，有情况！”在钢刀组在和机甲团对峙的过程中，有士兵发现有人乘坐一种奇怪生物从空中下降，赶紧向郝非凡汇报。

郝非凡一听，愣了半天才喃喃道：“龙骑士！”。

“想不到伊鲁米纳特也参与了。”华军磊收到郝非凡的报告之后，心中清楚败局已定，仅仅对付超金机甲已经力不从心了，现在又冒出了龙骑士，从目前的数量来看，至少是一个旗团的龙骑士。龙是一种强悍的魔法生物，天生会使用魔法，自身防御力极强，普通武器很难对龙造成伤害。每条龙都会一种攻击手段——龙息，龙息的温度可以瞬间烧化钢铁。相对而言，龙骑士比较弱，但那也只是相对而言，龙骑士使用的龙枪长达四米，还有一套配合龙进行攻击的武技，受到攻击之后还可以和龙平摊伤害。以龙强悍的生命力来说，只要龙骑士不被打成肉末，就死不了。面对这么强大的对手，华军磊想的已经不是怎么打败对手了，而是怎么将损失降到最低。

在红石星子星上，源源不断出现的龙骑士给郝非凡率领的地面部队造成了巨大伤亡，一旦被龙骑士靠近阵地，一旦龙息下来，周围十几名士兵连惨叫都来不及发出一声就会被烧成了灰烬。某些小队的伤亡已经超过了一半，还有一只小队整队士兵都牺牲了。

“这些该死的浑蛋，我会让你们付出代价的。”郝非凡眼睁睁地看着又有一小队士兵被龙息烧成了飞灰而无能为力，心中恨死了龙骑士，要不是他们突然闯入，战场决不会是这个局面。“命令外围防御的士兵，不论付出多大代价，也要拖住地面的高星部队，所有的高炮部队，瞄准龙的腹部射击，钢刀小队一定要拖住超金机甲，将受伤的士兵转移至一号主舰。”郝非凡一连下了数道命令，传令兵记下之后飞快地下达命令去了。

郝非凡看了一眼传令兵的背影，这小伙子才二十出头，和他绝大多数手下一样，是没接触过战争的菜鸟。接触的头一仗就是这么残酷的硬仗，菜鸟的反应让他很满意。这些家伙中竟然没有一个怯战的，战友的死反而激起了菜鸟们的血性。经过这场战斗的洗礼，这群菜鸟将成为古星真正的铁血战士。

高炮部队收到郝非凡的命令之后，将目标锁定了巨龙的腹部。龙鳞虽然拥有强悍的防御力，但是腹部相对脆弱，在飞行的状态下无法有效地保护腹部。在高炮连续的轰击下，龙骑士开始出现伤亡。腹部被炸裂的龙骑士从空中坠下来，连同背上的骑士一同摔成了肉泥。

龙骑士马上调整攻击目标，开始全力攻击高炮阵地，五六个龙骑士围绕着一门高炮展开攻击，士兵们拼死抵抗，但毕竟双方实力悬殊，一门门高炮在龙息下化成了铁水。最后一门高炮被摧毁后，古星士兵只有依靠手中的火统和暴雨流星攻击龙骑士，这两种武器根本无法对龙骑士造成威胁，龙骑士肆无忌惮地展开了屠杀。

士兵的伤亡不断增加，一号主舰内满是重伤士兵。轻伤的士兵不肯离开战场，简单地包扎一下就又投入了战斗，只有彻底失去了战斗力的士兵，才被医护人员抬回一号主舰。一名失去了双腿的士兵，还要挣扎着爬回战场，与敌人战斗，医生无奈只好给他注射镇静剂，让他睡了过去。

一号主舰的空气中弥漫着浓重的血腥味，已经到了空气过滤系统无法除去的地步，郝非凡在一号主舰内转了一圈，心中的愤怒到达了顶点，这些重伤的士兵就算是能保下命来，康复之后也无法继续战斗了，都会留下终生的残疾。

“老子和你们拼了。”郝非凡再也忍不住了，抽出佩刀就要出去拼命。

"队长，华舰长有命令。"通信兵死死拖住郝非凡。

"快说！"

"龙骑士突然参战，原部署已失效，保存实力为上策，命你部迅速从红石星子星撤退，我派军舰给予支援。"

居然要撤了，郝非凡扫了一眼满地的伤兵，还是在付出了这么大的代价之后。郝非凡再看远处的战场，士兵们还在与敌人浴血奋战。郝非凡不想撤，可军人必须服从命令，他明白华军磊的命令也是迫不得已。钢刀小队只能暂时拖住超金机甲，他们已经支持不了多久了。超金机甲再加上龙骑士，足以给整支舰队造成威胁。

"命令各部队收缩防御，空中支援一到，立即撤退，收集各队伤亡情况，汇总后向我报告。"

几星分之后，一只正在攻击最后一条防线的龙骑士小队被从天而降的猛烈炮火撕成了碎片。赶来支援的光筝使用了威力巨大的龙臼炮。这种火炮的技术还不成熟，极易炸膛。子星战事的惨烈让光筝指挥官毫不犹豫地选择了这种武器，只为多救一些兄弟。

光筝出现之后，地面部队的压力减少了一半。龙骑士不得不分出一大半去抵御光筝的攻击。趁着间隙，地面部队撤回到一号主舰内。

郝非凡喊道："各部队清点人数，核定无误后撤退。"

"报告，外围掩护部队还没有回来。"

"什么情况？"郝非凡又怒了，早就下达了撤退命令，居然还没撤下来，现在多待一会儿就多一分危险。

"外围部队的小队长说他们和高星黏得太死，撤不下来了。"

"小队长？他们的指挥官呢？"

"指挥官已经战死了，小队长已经是阵地最高的军衔了。"

怎么办？抛弃战友这种事他郝非凡绝干不出来。与通信兵的对话周围的士兵都听到了，每个人都瞪着眼睛看着他，眼睛中闪烁着坚毅和不屈。

"钢刀队的情况怎么样？能坚持多久？"

"剩下最后十人了，他们说死也要坚持到外围部队的士兵回来。"

"我知道了！"郝非凡奋力喊道，"我知道你们都疲惫不堪，现在我们暂时是安全了，可我们的兄弟还在流血？怎么办？"

一个头上缠着绷带的士兵喊道："带他们回来！"

郝非凡又问："大家都这么想的吗？"

周围士兵齐声喊道："是！"

"很好！"郝非凡赞赏地说道，"你们这些初上战场的菜鸟没让我失望，你们都是好样的！还记得我们的信条吗？"郝非凡奋力喊出来："古星战士！"

士兵们齐声怒吼："前进！"

"古星战士！"

"前进！"

"古星战士！"

"前进！"在山呼海啸般的怒吼中，每个人都感觉到全身的血液都沸腾了，身上充满了力量。三声之后，郝非凡带头冲了出去，士兵们紧随其后。空中支援的光筝通过通信系统听到了刚才的一切，不顾炸膛的危险，将炮弹塞入龙臼炮，对着龙骑士又是一次齐射。

嘭的一声巨响，一尊龙臼炮炸膛了，破裂的碎片击伤了十几名炮手。士兵将重伤的战友带到医务室，其他人从弹药库中又推出一门龙臼炮，一言不发地装弹，瞄准射击。

外围阵地上的战斗已经进入了白热化阶段。古星战士射光了弹丸，与高星士兵展开白刃战。双方纠缠在一起，分不出彼此。高星人像潮水一般涌来，古星战士已经做好了必死的准备，死亡也没那么可怕了。

作为古星阵地上最高军官的小队长，砍倒一个高星士兵后，咒骂道："你们这些该死的高星猴子，让你们抢老子的红石星。"骂得正起劲时，身后传来杂乱的脚步声。防线后面的兄弟应该已经撤走了，难道高星人迂回过来了？

小队长扭头一看，后面冲来的都是古星战士，冲在最前面的是舰队副官郝非凡。

小队长激动地大喊："兄弟们，郝副官来接我们了，坚持住。"

郝非凡的到来彻底扭转了战局，面对如狼似虎的古星战士，高星人留下一地尸体之后头也不回地跑了。

古星战士来不及庆祝，巨大的阴影从上空掠过，龙骑士来了！

"我让你喷！"郝非凡早就恨死了龙骑士，看到一只巨龙要喷出龙息，郝非凡拿起手中钢刀，将内力灌于刀内，对着龙嘴抛了出去。钢刀射穿了龙嘴，龙息也没喷出来，巨龙在空中扑腾了两下翅膀掉了下来。郝非凡从士兵的手中拿过一柄双手战锤，几步冲到龙骑士身边，摔得头晕脑涨的龙骑士刚站起来，就被郝非凡一锤砸成了一个扁罐头。他回过手来对着巨龙的头又是一通乱砸，直到把龙头砸成了肉饼才停手。

"我呸，长得这么丑还好意思叫龙。兄弟们撤！"部队快速撤回到一号主舰上。钢刀小队奋力挥出钢刀，驱散了周围的超金机甲，主舰得以升空。而钢刀小队因为超越极限，又有几名队员永远倒下。剩下的钢刀战士只好把钢刀收回来，没有了钢刀的威胁，超金机甲追了上来。

"你们走，我掩护。"负责掩护的光筝用炮火挡住超金机甲。一号主舰得以启动加速，而负责掩护的光筝在超金机甲的攻击下炸成了碎片。

"不要追了，都是勇敢的战士！"这一战让巴顿改变了对古星战士的看法。虽然他们败了，但是赢得了巴顿的尊重。

第十八章

两个星时后，一次紧急会议在古星军机房内召开，与会者分别是古星的经济长、军事长、外交长和宣传长。四人分别坐在一张长桌的两侧，面色阴沉表情严肃。不久，一个长相英武但神色疲惫异常的中年男人从门外匆匆进来，一言不发地走到长桌的一头坐下。此人正是古星的第一领导者——皇帝。

“卢将军，现在我们的舰队在哪里？损失怎么样？”皇帝问坐在长桌右侧的卢将军。

卢将军艰涩地说：“目前我们的舰队已经撤到了太空中，损失了两艘中型星舰，阵亡近千名士兵。”

皇帝不置可否，转头对宣传长说：“星内的局势怎样了？”

宣传长也不轻松，说：“现在的情况不容乐观，过去的一个星时，光是发生在都城的游行抗议就有三起。星民对刚才的那场战争很不满，而且情况还在愈演愈烈，继续发展下去政府将会面临严重的信任危机。”

皇帝转头看向外交长，说：“听说你还有坏消息？”

外交长严肃地说：“因为战争的失利，一些一直对我们星域虎视眈眈的星球也开始蠢蠢欲动，昭星半个星时前就派一小队矿工去了金钩星。五星分前，高星已经正式对外宣称将红石星子星命名为格日朗木星。”

皇帝摆摆手，示意外交长不要再说下去，他扫了一眼众人，说：“各位有什么好的提议吗？”

卢将军站起来，说：“事情发展到这一步，只有打，我们不能再忍耐退让，不然情况会更加麻烦。”

“我不同意卢将军的建议。”一直没说话的经济长说话了，“战争不是动动嘴皮子，打仗就需要花钱，但是我们的经费紧张，根本没钱跟高星继续打下去了。一艘光筝就值两个亿，我们打不起。”

卢将军一拍桌子，说：“打不起就不打了？战争是两个星球综合实力的比拼。他一个弹丸小星难道还能比我们富有？他们打掉我们一艘星舰，我们也打掉了他们一艘，外加七八架超金机甲，这笔买卖还是我们划算。”

“卢将军，身为最高军事长官，你难道不明白吗？这不单单是我们两个星球的事情，五十二联邦和伊鲁米纳特星绝对有份，要不我们刚才那一仗怎么会输？”经济长回击卢将军。

“我们刚才那一仗输了？我们的损失大还是高星的损失大？星民们不懂这个道理，你还不懂吗？”

“可是在星民眼里，我们就是输了。”

卢将军和经济长吵得厉害，一时间竟然没人插话，这会儿皇帝见两人沉默下来，说：“和古星的核心利益相关的，我们绝不可让步。”

卢将军抢先跟道：“那我们打！”

经济长紧随其后：“我们有没有其他的办法？五十二联邦在高星背后撑腰，这仗也没法打。一旦我们跟五十二联邦撕破脸皮，我们买的他们的债券投资就都打了水漂。”

卢将军一听经济长这话，腾地站起来，说：“你不要以为我不知道，你说得好听，是你自己的钱都存在五十二联邦的银行里吧！”

经济长一下子涨红了脸，也站起身说：“你不要血口喷人！”

眼见两人又要吵起来，皇帝摆了摆手，让他们坐下。

外交长见皇帝的态度已经明确，便对卢将军说：“其实经济长这话也对，现在主要是五十二联邦在暗地里帮助高星，如果他们能够主动退出，这仗就会好打很多。”

卢将军的气消了一点，说：“说得容易，怎么能让五十二联邦不掺和进来？”

宣传长说：“我们可以找人和五十二联邦谈判。”

“我可以去试试，我相信五十二区也不愿意与我们为敌，只要我把话说通，说不定就能行了。”经济长自告奋勇地说。

“就这么办吧，在有结果之前，把华军磊给叫回来，他办事不力，让他回来反省。”皇帝最后说。

华军磊接到让他回星的命令，就知道是怎么回事了。赫非凡暂时接替了他的职务，把一切交代完毕之后，他驾驶一只小型飞船，用了大概一星天的时间赶到古星的都城星港。从飞船中下来，他整理了一下军装，往星港外面走去。

华军磊从星港里走出来，一辆悬浮式出租车停在他的面前，一个戴着眼镜的文弱中年人从摇下的车窗里探出头来。“军官先生，要打车吗？我给你打八折。”

华军磊打开车门正要进去，偶然间注意到在街的对面，一个人正鬼鬼祟祟地看着他。对方看到华军磊注意到他，马上把头转向一边，接着一拐弯，消失在了街角。华军磊马上警惕起来，他想做什么？

“军官先生，上车啦。”司机催促华军磊说。

“我有点事情还没办完，不能坐你车了，你先走吧。”华军磊对出租车司机说。

“那长官去哪里？我可以载你去。”出租车司机好心地说。

“不用了，谢谢。”说完，华军磊就穿过马路往对面走去。

司机只好再去找别的客人，出租车缓缓地从马路上升起来，“呜”的一声开走了。

华军磊来到马路对面，没有发现对方的行踪。正考虑要不要继续追下去的时候，突然听到远处传来“轰”的一声巨响，他转头一看，只见一辆车在空中爆炸成了一个火球，火球往前飞出了十几米，斜着栽到了马路上。马路上的其他车辆刹车不及，好几辆车撞作一团。周围的行人尖叫着四散奔逃，场面一时异常混乱。

华军磊在第一时间反应过来，朝着那辆爆炸的车跑了过去。四处奔逃的行人不时和华军磊擦肩而过，他穿过一辆辆堵在路上的车，跑到了那团燃烧正旺的火球跟前。从正在燃烧的残骸来看，爆炸的是一辆出租车。

华军磊顿时吓出一头冷汗，这辆出租车不就是刚才自己要坐的那辆吗？怎么会突然爆炸了？究竟发生了什么事情？联系刚才在马路对面可疑的人影，华军磊几乎确定这是针对他的一次暗杀。但是究竟是谁想置他于死地呢？

华军磊在星内反省期间，古星经济长秘密赶到五十二联邦，和五十二联邦的总统进行了一次谈判，谈判内容涉及两星日后的利益关系。

经济长坐在会客厅的沙发上，对坐在他右边的克里斯总统说："总统先生，您对我们两星以后的发展有什么看法？"

克里斯当然知道经济长的目的，不动声色地说："从长远来看，我们两星在未来的发展中是相互依存的，共同利益大于冲突矛盾，未来我们两星的联系会日益紧密。"

"我们也是这样认为的。"经济长点着头说，"总统先生，你们星球一向以科技为本，我听说，贵星生产的一部分超金机甲好像丢失了，有这回事儿没有？"

"有这回事儿吗？我怎么不知道。"克里斯吃了一惊说。

"是的，我们在高星上见过这批超金机甲，给我方造成了不小的损失。我们不想因为这些事影响两星关系。"

"我记起来了，确实有这件事，是一个军火走私贩，把一批我们淘汰掉的超金机甲倒卖了出去，不过我听说是卖给了沙星，怎么会到了范剑三世的手上？"

"总统或许应该查明真相。"

"我们的人正在调查这件事情，相信很快就会有结果。"克里斯对经济长微微一笑。

经济长的脸上也露出了笑容，克里斯这么说就等于做出了让步。他喝了口水，说："一切以两星的共同发展为重，要尽量避免一些误会。"

“这些年我们两星不都在致力于改善双边关系吗？现在我们两星的经济文化交流日益密切，阁下的公子不就在五十二联邦的哈耶大学就读吗？如果阁下愿意，我想等公子毕业了，可以让他到我这里实习。”克里斯看着经济长说。

经济长心里一颤，没想到儿子的事还是暴露了，马上说：“谢谢总统先生关心。”

两人各自沉默了一会儿，经济长开口问道：“总统先生，对于红石星子星的归属问题，您有什么看法？”

“这是你们自己的事情，我不好说什么，尽量不要开战，星球之间应该和平发展。”

“没错，总统先生说得对。”经济长赔着笑说。经济长的任务圆满完成，连夜赶回古星。

古星军机房内，还是那条长桌，皇帝早已经坐在长桌的一头，经济长和外交长分别坐在他的两侧，宣传长和军事长却缺席了。

“他们两个怎么还不到？”皇帝问外交长。

“我看应该快到了，这一阵儿他俩都忙得焦头烂额。”外交长为迟到的两人说着好话。

正说话间，宣传长从外面走了进来，他在经济长的旁边坐下，大口喘着气说：“疯了疯了，我看星民们都疯了。”

“怎么回事儿？”皇帝问宣传长。

“自从我军小败之后，星民一个个都喊着要军舰赶快去收回红石星子星，还有人公然提出要把范剑三世给‘斩首’了，全星各地每天都在上演抗议游行，各地部门都已经要顶不住了。我看再不出兵，星民就快把矛头对准我们了，”这几天宣传长心力交瘁。

“星民根本不了解这其中的利害，也不能全怪他们，你们没有在舆论导向方面下工夫吗？”皇帝对宣传长说。

“怎么没有，每时每刻都有人向我汇报工作，这宣传长我快干不下去了。”宣传长激动地说。

宣传长话音刚落，卢将军风风火火地从外面进来，他走到长桌跟前，二话没说把自己的肩章扯了下来，往桌子上一摔，说：“这军事长我也干不了了，现在走到哪我都觉得别人在背后骂我窝囊！”

一下两名大臣要离职，皇帝也有些慌了，说：“两位都是国家支柱，眼下危难时候，万万不能离去。”

“那怎么办？不是不能打吗？”卢将军看着经济长说。

经济长并不躲闪卢将军的目光，高声说：“这一仗可以打。”

卢将军一听经济长这话，坐了下来说：“你怎么又突然愿意打了呢？你不是说没有军费吗？怎么又不心疼钱了？”

“我仔细想过了，子星上面的资源绝对值得我们打这一仗。另外，五十二联邦已经承诺，不再干预此事。现在我们只需要对付高星和伊鲁米纳特的龙骑士就行了。”经济长对卢将军说。

“什么？克里斯那浑蛋同意退兵了？”卢将军大喜，“行啊你，原来你还有这本事。”卢将军把自己扔在桌子上的肩章拿过来扣回肩上，转头看向皇帝。

皇帝见在场的四人都在望着自己，问道：“那各位的意见是……”

“打！”四人几乎同时说道。

“那好，我们打吧！卢将军，让华军磊马上返回舰队指挥，这次我们就放开手脚大打一场。”

“是！”卢将军从椅子上站起来，敬了一个军礼。

在都城的老古饭馆里，又聚集了一群食客，他们来此的目的不光是为了吃饭，每天都会有一群人在这里讨论红石星争端。不过今天他们明显没什么胃口，都坐在饭桌旁干瞪着桌子上的食物。

古老板看到后问道：“各位怎么不吃啊？是我的食物不合胃口？”

“现在的情况怎么吃得下去啊，高星猴子都骑到我们脖子上来，皇帝也不开战，古星的面子都丢光了。”

“就是，而且我听说‘赤龙号’的舰长都被调回星内反省了，据说他一回星就遭到了暗杀。”另外一个戴眼镜的年轻人说。

“我的观点跟你们不同，皇帝肯定会收拾高星的，这一点不用怀疑。我敢说不出三天，大军就打过去了。”老古肯定地说。

“你怎么敢这么确定？难道你有什么内幕？”又一个食客问老古说。

“内幕我没有，这都是我分析出来的。信不信由你们。”老古笑着说。

“但愿如此吧，这仗再不打，饭都没心思吃了。”最先说话的中年男人说。

老古突然想起一件事，他走到一边拿出手机，拨打了一个电话号码，从听筒里立刻传出了一个女性合成音：保家护星，匹夫有责！老古会心一笑，心想：看着吧，战争马上就会开始了！

第十九章

在卢将军会见皇帝的时候，华军磊利用这个时间去了一趟钢刀学院。这里的学生虽然尚未毕业，但是有很多优秀的人才，如果战争需要，也可以临时征召一批学员到前线。华军磊将钢刀实战中的弊端告诉了学院负责人，而院方保证，如果华军磊需要，马上可以派优秀的学员参战。谈话还没结束，华军磊就被卢将军派人接走了。

一路上华军磊心情忐忑，不知这次失利会受到什么处分。见到卢将军时，不等他开口卢将军抢着说："皇帝已经同意放开手脚大打了，你的责任重大，只许胜不许败。"

"您的意思是我可以回去继续指挥作战了？"

"嗯，不仅如此，考虑到前线的情况，我已经给你调集了一百零八名钢刀战士。就算五十二联邦的超金机甲不退，也可以与他们一较高下了。"

"保证完成任务！"华军磊敬了一个军礼。

卢将军用慈祥的眼光看着华军磊，"没有外人的时候，不用这么正式。放松一点，好久都没听到你叫我了。"

看周围没人，华军磊小声叫道："爹。"

卢将军笑骂道："我白把你养大了，连声爹都不敢叫，一点都不像个军人。"

华军磊鼓足勇气大叫一声，"爹！"

卢将军很满意，"这才像个军人。"又拍着华军磊的肩膀说道："老人家的事我听说了，高星人一定会付出代价的。"

华军磊拜别养父卢将军之后，立即返回舰队。

回到赤龙号星际母舰，华军磊紧急召开了一个战备会议。分析了一下敌我双方的实力，华军磊说："敌人力量比较集中，我们要设法将机甲团、龙骑士团分开逐一消灭。"

一名作战参谋说："还有一个很重要的问题，根据侦查人员的回报，对方现有五十架超金机甲，而根据前面战斗的数量分析，就算我们新增的一百零八名钢刀战士全部阵亡，也只能摧毁敌方二十架左右的超金机甲。”

华军磊道：“从数据上分析是这样的，但是敌人并不知道我们有多少钢刀战士。这样的战争拼的就是一个决心，我相信不用消灭二十架超金机甲，他们的士气就会崩溃。”

一阵沉默之后，郝非凡第一个说道：“如果还有冰絮就好了，那东西对付超金机甲真好使。”

华军磊点点头：“冰絮的事情我会和尤塞夫沟通。”

“解决了超金机甲，高星人不堪一击，就算龙骑士团，在我们炮火的轰击下也会灰飞烟灭。”古星舰队士气大增。

会议继续进行，而在靠近红石星子星的边界，古星侦察员还坚守在岗位上。

周围忽然暗了一些，一个巨大的阴影快速飞过，古星侦察员抬起头，微微眯起眼睛，看到的东西让他惊讶地张大了嘴巴：“巨甲虫？”侦察员有点不敢相信。巨甲虫是一种凶猛的虫类，喜欢待在人烟稀少的岩石洞穴中，很少在人类活动区域出现，怎么会有这么多巨甲虫同时出现？

“它们这是去哪儿？”侦查人员正纳闷的时候，只见那一群巨甲虫调整方向，朝着龙骑士所在的方向飞去。

一群巨龙正躺在地上休息，庞大的身躯相互枕靠着，不时有巨龙喘着粗气，哼哧几声。龙群的边缘有一个简单的屋子，一个龙骑士正懒洋洋地坐在椅子上，闭着眼，悠闲地品着美酒。当光线被遮掩的时候，窗户上投下来一个巨大的阴影。龙骑士猛地睁开眼睛，透过窗户，看到一群黑压压的生物向龙群俯冲而来。

“巨甲虫？”龙骑士吃了一惊，虽然这种生物很少出现在世人面前，但龙骑士并不陌生，他们曾经打算训练一批巨甲虫作为坐骑，弥补巨龙的不足，但是在实践中发现，巨甲虫的战斗方式单一，只能靠锋利的牙齿和爪子撕扯，并且这种生物很难驯服。还有最难解决的一点，巨甲虫和巨龙是一对天敌，巨龙把巨甲虫当做了美味可口的食物，而巨甲虫有一定的数量时也可以咬死巨龙。

“这些家伙岂不是找死？”龙骑士赶紧从屋子里出来，论战斗力，巨甲虫自然没有巨龙厉害，并且巨龙的数量远远超过了巨甲虫。

十几只巨甲虫在领头的巨甲虫带领下，凶猛地从空中直冲下来。见此情形，龙骑士急忙吹响龙笛，巨龙从地上爬了起来。

巨龙的动作还是慢了，巨甲虫蜂拥而上，两只巨龙显然没有反应过来，被巨甲虫咬伤。

偷袭得手之后，领头的巨甲虫掉头便跑，其余的巨甲虫跟随其后。被咬伤的巨龙狂吼一声，尾巴一甩，腾空追了上去，又有十几只巨龙紧跟着追了出去，巨甲虫可是一顿美餐。

见十几只巨龙追了出去，龙骑士赶紧又吹响龙笛，想把巨龙召回来。然而这些巨龙毕竟是动物，驯化得再好，也难以控制它们的本性。看着眼前美味的巨甲虫，巨龙追得更起劲，不时还从口中喷出一团火焰。

看着渐渐远去的巨龙，龙骑士跳上自己的坐骑，刚想追上去，忽然又停下了，心想：巨甲虫怎么会无缘无故攻击凶猛的巨龙？刚才出现的数量又不足以对巨龙造成威胁。难道是调虎离山之计，目标是巨龙吗？不，不会，成群的巨龙不是那么容易被消灭的。那目标就是我？也不像，虽然我是一名龙骑士，但要算计我也不用如此大费周章。那是古星人驯化了巨甲虫？也不可能啊，伊鲁米纳特办得到的事情古星也能办得到。想了半天，还是一头的雾水。

十几只巨甲虫向老巢的方向飞去，虽然后面巨龙追得很急，但巨甲虫却依旧保持着人字队形，领头那只巨甲虫飞得最快，竟然还发出轻微的轰鸣声。

巨龙还在后面穷追猛打，吼叫着，时不时吐出一口龙息，喷向巨甲虫。这会儿巨龙已经追出很远，在红石星子星上的龙骑士已经看不到巨龙的影子，既然想不清楚，龙骑士也就不去想，转身回屋子里继续喝酒去了，他相信，在绝对力量之下，任何阴谋诡计都不可能得逞。

论速度，巨龙和巨甲虫相差不多，若真要分出高低，巨龙略占上风；但论耐力，巨甲虫则稍占一些优势。生物有一种本能，可以计算出追上猎物的胜算有几成。在巨龙的眼中，巨甲虫是一顿跑不了的美餐。追逐像一场拉锯战，巨龙刚要追上，巨甲虫就拉开了距离。眼看到嘴的美餐又跑了，巨龙狂啸一声，尾巴甩动，身体向前一跃，奋力吐出一口龙息。

灼热的龙息击中了一只巨甲虫的尾部，只听噼噼啪啪一阵轻响，巨甲虫坚硬的外壳被烧焦，下面的两只爪子也未能幸免，惨叫一声，飞不动了。巨龙追了上来，一口咬住了巨甲虫的尾部。

一只巨龙取得了战果，其他巨龙蜂拥而上，想要趁机打乱巨甲虫的队形，可惜没有成功，它们依旧在领头的巨甲虫带领下向老巢飞去。巨龙改变了策略，开始围攻带头的巨甲虫。

一直在外围观察的古星侦察员看到这里，摇了摇头，一旦领头的巨甲虫被消灭，巨甲虫肯定就乱了阵脚，成了巨龙的美餐。

就在古星侦察员打算回去的时候，一颗炮弹准确地轰进了巨龙张开的大嘴中，轰的一声，整个巨龙被炸得四分五裂，巨甲虫也乱成了一团。

“怎么回事？”侦察员顿时瞪大了眼睛，从哪里飞来的一颗炮弹？侦察员马上就明白了，有人在算计龙骑士，会是谁呢？

爆炸将巨甲虫的队形冲散，领头的那只巨甲虫则快速从火中飞出，只见它掉转方向回头看了看，后面的巨甲虫已经成为巨龙嘴里的美味。

没有抢到美味的巨龙又向它扑了过来，巨甲虫急忙转身逃跑，速度快得巨龙追不上。

看着巨甲虫快速远去的背影，侦察员急忙掉转舰船的方向，朝着赤龙号星际母舰飞去。

回到星际母舰，侦察员将事情的经过详细地报告给舰长华军磊。听完这件事情后，华军磊在想这只假的巨甲虫是谁？是在帮助古星还是别有目的？不管这个人是谁，这件事无疑给了华军磊一个启发。如果巨甲虫能够把巨龙引出来，只要战舰埋伏好了，就算不能把巨龙全部歼灭，也能给骑士团一个重创。

“看到那只巨甲虫朝什么方向去了吗？”华军磊问道。

侦察员道：“他向乞力拉陨石带方向去了。”

“好，那我们就去乞力拉陨石带走一走。”

华军磊没想到，这是她的妹妹给他的一份惊喜。

罗斯的死，给华军倩很大的打击，她一想到罗斯，心如刀绞，再也坐不下去了，转身离开了休息室。往日与罗斯的点点滴滴涌现在她的脑海中，感觉都像是发生在昨天一样。可现在，罗斯却永远地离开了。大雄在一旁安慰着她。

华军倩轻咬着嘴唇，冷冷道：“这个仇我们一定要报！”

华军倩驾驶着飞船要去报仇，无奈刚到战局外围的时候，一股强烈的乱流将飞船带入了乞力拉陨石带，这个陨石带位于高星和昭星之间，跨度很大，由于这里的陨石太小，而且形状不规则，不适宜居住，是一片无人区。

“该死的乱流！”华军倩小心地避开小块的陨石，这些小碎片进入引擎中，会给发动机带来不可修复的损害。

大雄忽然紧张地叫道：“不好了队长，有星舰追来！”

“是古星光筝还是高星战舰？”华军倩是偷偷跑出来的，没想到这么快就暴露了。

“太远了看不清楚。”大雄只隐约地看到六个黑点。等黑点逐渐靠近之后，大雄又是一声惊呼，“不是星舰，是巨甲虫。”

“嘘，安静！”华军倩关闭了不必要的设备，熄灭了飞船内的灯光，将引擎的动能也调到了最低，小心翼翼地移出陨石带，期望不被巨甲虫发觉。

眼看就要移出碎石带了，一小块碎石撞在飞船外壳上，发出咚的一声，已经飞远的六只巨甲虫转身飞了回来。

华军倩已经将飞船的速度提升到最高，后面的巨甲虫则紧追不舍。看着后面紧追不舍的巨甲虫，大雄很是疑惑：“这些巨甲虫为什么无缘无故攻击我们？”

华军倩可没时间想这个问题，以飞船这么高的速度，稍不小心，便会撞上陨石，舰毁人亡。前面有一块陨石，华军倩急忙转了个弯。绕过那块陨石后，华军倩嘴里咒骂了一句：“该死！”

绕过之后，正前方竟悬着一块更大的黑色陨石，唯一的出路和飞船现在运行的方向有一个四十多度的夹角，而可供华军倩用来调整飞船距离的空间却只有数米，根本转不过去。

眼看着要撞上前面巨大的陨石，大雄闭上了眼睛。

危急关头，华军倩大喊一声：“抓稳了！”猛地一个右转。

轰！一声巨响，飞船还是撞在了陨石上。大雄闭上了眼，感觉到一股巨大的力量使自己的身体向前飞出，不过他已经做好防备，双手紧抓着护栏。可接下来什么也没发生了。

“哈哈，我们冲过来了！”华军倩兴奋地叫道。

大雄一惊，睁开眼，发现飞船竟没事，再看大屏幕，那块黑色的陨石竟是一块巨大的滑石，此刻已经被飞船撞碎，漂浮在空中。

这一关过得有惊无险，不过大雄和华军倩的神经并没有放松，因为六只巨甲虫还在后面紧追不舍。

“我想起来了，双月是巨甲虫女皇繁殖的季节，是巨甲虫最具攻击力的时候。”大雄提醒道。

华军倩刚要回答，后面一只巨甲虫猛地撞上了飞船，砰的一声巨响，飞船被撞飞出去。

“当心！”华军倩一边喊一边试图控制住飞船，然而这时砰的一声，巨甲虫又撞了上来。整个飞船完全飞出了原来的航线，朝着前方一块巨大的陨石飞去。

“找个地方躲一下。”华军倩提醒道。

大雄看过去，发现飞船下方的陨石上有一条峡谷。逐渐靠近之后，大雄猛地看到峡谷两边的悬崖上竟有许许多多的洞穴，而洞口竟都趴着巨甲虫。

大雄叫道：“队长，我们这是被撞进巨甲虫的老巢了。”

华军倩也注意到，为了不惊动洞穴中的巨甲虫，她将飞船降到谷底，华军倩才发现，谷底密密麻麻的全是巨甲虫尸体。

“抓稳！”华军倩心中有了一个绝妙的主意。

砰的一声，飞船猛地撞在了一只巨甲虫的尸体上，飞船穿破尸体，又滑出一段距离，最后竟又撞进了一只巨甲虫的尸体里，停下来。一瞬间，整个世界安静了。一缕光线从巨甲虫的嘴里漏进来，四周响起了一阵杂乱的怪叫声，大雄爬起来，晃晃悠悠地走到华军倩跟前，见她睁着眼，上前扶起她：“队长，你没事吧？”

华军倩摇摇头道：“没事，好着呢。”

大雄检查一下飞船，虽然飞船受到几次撞击，系统都还正常运作。还好是军舰，若是换做探险船，早就撞烂了。同时两人还有意外发现，巨甲虫尸体里面竟然像被掏空了，只剩下坚硬的外壳，飞船在里面，好像穿了一件铠甲。

透过巨甲虫张开的嘴，两人可以清晰地看见前方的状况。整个峡谷怪石嶙峋，向上看，深度大约有百余米；宽有十几米。住在崖壁洞里的巨甲虫有的趴在洞口，有的飞出来落在峡谷底部，转了一圈，也不知干什么，接着再飞走。

这时又有几只巨甲虫飞落下来，有一只正好落在飞船的前面，细长而又锋利的牙齿反射着白森森的光芒，一口咬了过来。细长的牙齿穿透巨甲虫尸体后，戳在了飞船上。巨甲虫收回长齿，怪叫两声。听到叫声，又有两只巨甲虫飞了过来。

看到这，华军倩看一眼大雄，小声道："趁它们还没发现，我们要赶快离开。"说完华军倩启动飞船，带着巨甲虫厚重的壳，缓缓飞起来。

而这十几只巨甲虫跟着飞了起来，排列在飞船的两边，形成一个"人"字队形。

"它们怎么跟着我们啊？"大雄苦笑道，"难道我们披了一只雌性巨甲虫的外壳？"大雄虽然是在调侃，却也提醒了华军倩，只见她冷笑一声："这样更好，如果把它们引到巨龙那里，你说会怎么样？"这就有了先前的一幕。没想到这个办法很成功，两人又驾驶飞船回来打算引更多的巨甲虫去袭击龙骑士。

在侦察员的带领下，华军磊乘坐的小型舰船很快来到了乞力拉陨石带的外围。"舰长，你看，就是那只巨甲虫。"侦察员说着指向远处。

华军磊赶紧看过去，果然发现远处有一只巨甲虫，华军磊立刻命令道："快点靠上去。"

就在华军倩和大雄准备再去吸引一批巨甲虫的时候，小型舰船已经靠上来了。"队长，是古星的星舰。"大雄看向华军倩。

"不用管它，我们就把自己当成一只巨甲虫。"华军倩还在心里和华军磊赌气，要是和古星星舰联系上，哥哥肯定很快就会知道了。

这时飞船那边传来问话："请问你们是谁？"

"是哥哥的声音。"华军倩惊讶中又有点兴奋，哥哥竟然亲自出马了。

大雄听出了是华军磊的声音，他看一眼华军倩，故意问："队长，是华舰长吗？"

华军倩鼓起小嘴，气呼呼地说道："我才没有他这样软弱的哥哥呢。"

大雄摇摇头，道："我倒没觉得，华舰长肯定有自己的苦衷。"

华军倩瞪他一眼，"你要再替他说话，我就把你扔出去。"大雄知道华军倩真做得出来，识趣地闭上了嘴巴。

见对方没回应，华军磊继续问道："既然杀了巨龙，那就是朋友了。"

华军倩打开了通话系统道："我才没有你这样胆小的朋友呢。"

"小倩？"华军磊大吃一惊，忙问，"居然是你。"

华军倩冷冷道："奶奶走的时候，你什么都不做，你这是在关心我吗？"

"我也想给奶奶报仇，可战争不是儿戏，不是我一人说了算的。"华军磊鼻子一酸，声音有些哽咽道，"跟我回去吧，我已经失去了奶奶，不能再失去你了！"

"我……"听到这些话，华军倩心里暖暖的，她又何尝不想念哥哥呢。"都怪你，你要是做点什么，我就不会跑，我不跑罗斯也不会出事。"华军倩心中的委屈一下爆发出来，眼泪在眼圈里打转。

华军磊听出妹妹情绪很激动，只好安慰道："是哥哥的错，小倩你放心，哥哥一定为他们报仇。"

"好，要带我一起！"

针对龙骑士毕竟是军事行动，有一定的危险性，可一想到妹妹的脾气，华军磊只好同意了。"好，你可以参加，但必须听我指挥。"

"是！"华军倩还敬了一个军礼。

华军浩将连接华军倩那艘舰船的通信频道关闭。听到华军倩和华军磊的对话，华军浩心里有些嫉妒，同时又为堂妹高兴。

第二十章

兵贵神速，确定了消灭龙骑士团的计划后，华军倩便带着大雄返回了乞力拉陨石带。她的护卫舰上还套着巨甲虫母虫的外壳，只要靠近巨甲虫巢穴，就可以成功地吸引大批巨甲虫。

“小倩，你们要小心。”通信器中传来华军磊的声音，“千万不要太深入巨甲虫巢穴，被巨甲虫识破。”

“哥，我知道，我可是探险队的队长。”华军倩觉得华军磊有点过度紧张了。她看了看全息雷达，再过两分钟就到了巨甲虫的活动范围。

“大雄，将战舰的速度调整到和巨甲虫一样的速度。”华军倩吩咐道，“降低噪音，不要让巨甲虫察觉到异常。”

大雄在控制台上熟练地操作了一阵，第二次进入巨甲虫巢穴，已经没那么紧张了。在他的操作之下，军舰披着巨甲虫的壳子，从一个巧妙的角度逐渐地靠近了巨甲虫巢穴，这个角度可以保证它们既不会陷入巨甲虫的巢穴，又可以将大部分的巨甲虫吸引过来，华军倩眼睛紧紧盯着全息屏幕，时刻注意着巨甲虫的反应。

在外面游荡的巨甲虫发现了忽然闯入自己势力范围的“母虫”，它们发出一阵吱吱的尖叫，迅速通知了巢穴内的巨甲虫。顿时，犹如炸了窝的马蜂，大批巨甲虫从巢穴中冒出头来。

“好！它们注意到我们了！”大雄兴奋地说。

“马上掉转方向，不要被它们包围。”

巨甲虫群看到母虫，本能地想把它迎接回巢穴，可是看到母虫前进的方向偏离了巢穴，大批的巨甲虫追了上去。

“跟来了多少只巨甲虫？”华军倩问。

大雄从观察窗向外看了一眼说：“前面飞得快的十几只，后面跟着密密麻麻的一群，数不过来。”

“足够对付龙骑士了。”想到大名鼎鼎的伊鲁米纳特龙骑士团将在自己手上吃个大亏，华军倩心里就一阵开心，这比探险成功还有成就感。

龙骑士团就驻扎在红石星子星上，与超金机甲团一左一右，互为犄角。一支十名龙骑士组成的巡逻小队在营地周围盘旋，防止华军磊派出舰队袭营，他们通过特殊的魔法装置，与营地保持着联系。

“头！你看，前面那是什么？”一名眼前的龙骑士看到远处一片黑糊糊的影子，正向这边飞来。

骑士团的小队长顺着部下指着的方向看去，只见前面十几个巨大的甲虫一样的东西朝军营的方向冲了过来，小队长皱了皱眉头，向龙骑士团团长安德利报告了发现。

“将军，有一些个头很大的虫子向营地飞了过来。”

“是巨甲虫。”魔法装置里传来安德利的声音，“这些低级的虫子，巨龙很喜欢吃，驱散它们，不要让它们靠近营地，会引起巨龙混乱。”

“是！将军！”小队长接到了命令，冲手下的骑士挥了挥手：“弟兄们，精神点，现在有活干了！”

骑士们驱使着坐骑迎着巨甲虫飞了过去，他们一点也没将巨甲虫放在心上，威力强大的龙枪配合着炽热的龙息，消灭这些巨甲虫不费吹灰之力，巨龙也很兴奋，口水都流出来了，这十几只巨甲虫在它们眼中就是美味的大餐。

“大雄，放慢速度，注意巨甲虫的反应。”两人有些紧张，对付龙骑士的计策能不能成功，就看这一下。

飞在前面的母虫忽然放慢了速度，后面的十几只巨甲虫发出一阵阵欢快的吱吱声，它们追到了母虫，正想将母虫请回巢穴，却发现十个骑士提着龙枪，迎面冲了过来。

天敌相见，世代相传的仇恨被激发出来，十几只巨甲虫将母虫挡在身后，做好了攻击的准备。

“哈！”一个龙骑士笑着说，“这群低级的家伙，居然敢和我们对阵。”

小队长嘿嘿笑了一声：“让巨龙饱餐一顿吧，吃饱了好有力气打仗。”他一声长啸，挺起龙枪，第一个朝巨甲虫冲了过去。

“他们打起来了！”华军倩的语气有些兴奋，她看了看全息雷达，又有些担心：“希望巨甲虫不要不堪一击，起码要撑到后面那一群巨甲虫赶到。”

巨龙看到这些巨甲虫，发出一声欢快的龙吟。这种东西太美好了，它们甚至不等龙骑士的驱使，便急不可耐地朝巨甲虫们冲了过去。龙骑士轻松地挥舞着龙枪，配合着兴奋的坐骑朝巨甲虫攻击过去。

明知不是巨龙和骑士的对手，可是为了保护母虫，巨甲虫不肯后退一步。巨甲虫发出愤怒的吱吱声，扑向了敌人。

“很好！”华军倩紧紧盯着眼前的战场，“再坚持一会儿！大部队马上就到。”

小队长正带着部下杀得爽快，忽然发现密密麻麻的巨甲虫飞了过来，他兴奋地大叫：“真是美妙啊！至高神在上，感谢您送来的大餐。”祈祷完之后，他对魔法装置大声说道：“安德利将军！这里出现了大批的巨甲虫。足够所有的巨龙出来饱餐一顿！”

安德利收到消息，第一反应是这会不会是敌人的诡计，他走到窗前观察了一会儿，没有发现古星人的光筝，再一想，就算是圈套又怎么样，他不信古星的舰队打得过他的龙骑士团。这才下达了命令：“放出所有的巨龙，让它们饱餐一顿。”

安德利一声令下，将护卫大营的任务交给了高星派来的协助军队，所有的龙骑士都骑上巨龙，朝巨甲虫群飞去。近一百只巨龙舞动起来的翅膀，几乎将整个天空都遮蔽起来，翅膀掀起的气流吹得高星士兵东倒西歪。

“太好了！他们出动了！”华军倩对着通信器大喊，声音中掩饰不住的兴奋。

“你们后撤一点！不要让龙骑士团发现你们。”华军磊也松了口气，他担心安德利不会中计。

龙骑士团追上了巨甲虫，双方混战起来，龙骑士以一敌三，毫不费力。巨甲虫悍不畏死，拼命攻击，才让几只巨龙受了点轻伤。

华军倩看差不多了，进行计划的第二步，引导龙骑士团前往巨甲虫的巢穴。巨甲虫发现母虫要返回巢穴，不再与龙骑士纠缠，掩护着母虫撤退。龙骑士杀得正爽，忽然见猎物要逃去，哪里肯放过他们，都大喝一声，驱使着坐骑朝巨甲虫追去。

超金机甲团的团长巴顿正在红石星大营巡视防卫，一个传令兵跑过来报告：“巴顿将军！通信营发现安德利和他所属的龙骑士团离开了大营，追逐着一群不明生物离开了红石星子星。”

“哦？”巴顿愣了一下，随即冷哼了一声，“真是一群白痴，难道他不知道华军磊的舰队就在附近吗？”

他嘴里嘀咕了几句，来来回回踱着步子，想到双方毕竟是在同一战线上，他才对传令兵说：“告诉通信营，让他提醒安德利小心古星埋伏，不要追出太远。”

巴顿将军的提醒很快就传给了安德利，但是安德利根本没放在心上，心高气傲的安德利，根本就不认为华军磊会对骑士团产生威胁，他甚至连给巴顿回个信息的心思都没有，依然朝着巨甲虫逃走的方向追去。

一路追追打打，三百多只巨甲虫被安德利的部下杀得还剩下不到百余只，巨龙吃得肚子都鼓了起来，兴高采烈的龙骑士们试图活捉这些巨甲虫，圈养在红石星的军营，以供他们的坐骑食用。安德利将龙骑士分为两队，一左一右，朝巨甲虫包抄过去，但是巨甲虫逃跑的速度很快，追了将近一个星时，龙骑士团始终无法包围巨甲虫。

“该死！”安德利暗暗发狠，“我倒要看看你们想逃到哪里去！”

他计算了一下方位，发现巨甲虫并没有朝华军磊的方向飞去，便更加放心了，一心一意地追杀巨甲虫。

“哥哥，他们快到埋伏地点了。”华军倩语气中流露出一丝喜悦，“你们做好伏击准备。”

“我们准备好了，等你一脱离虫群，我就会下令发动攻击。”

前面不远处就是巨甲虫群的巢穴了，游荡在附近的巨甲虫明显多了很多，它们看到同类被龙骑士追杀，纷纷加入了巨甲虫的队伍，到最后，几乎所有的巨甲虫都从巢穴中钻了出来，攻击龙骑士。

看到如此庞大的巨甲虫群，安德利有一丝犹豫，眼前的巨甲虫太多了，虽然会给部下们制造一些麻烦，但不会危及到生命。他唯一担心的就是解决了这群巨甲虫之后，骑士和巨龙都需要休息，短时间内不能参加战斗了。

“有巴顿的超金机甲团，足够对付古星人了。”安德利嘀咕了一声，他下定了决心。“杀光他们！”安德利一声令下，百余名龙骑士挥舞着龙枪冲进了巨甲虫的队伍中。

巨甲虫群一阵大乱，身后就是它们的巢穴，已经无路可逃，只能跟龙骑士拼了，可是谁也没有注意到，混乱的战场中，它们一直保护的“母虫”却悄悄地绕过了巨甲虫巢穴，离开了战场。

“很好。小倩离开了战场。”看着巨甲虫群和安德利打得昏天黑地，华军磊满意地笑了笑，“巨甲虫群也不是绵羊，等他们杀完巨甲虫群，我再坐收渔翁之利。”

安德利有点郁闷，原本只想让巨龙饱餐一顿，没想到巨甲虫的数量如此之多。巨甲虫被逼到了绝地，前仆后继地冲了上来，看着陷入苦战的部下，他又不好意思向巴顿求助。倒不是担心他见死不救，可一想到巴顿冷冰冰的脸上带点得意的表情，安德利就很不爽。“使用龙息！准备撤退！”想要活捉巨甲虫已经不可能了，安德利心里有了主意，用龙息逼开纠缠在一起的巨甲虫，然后果断离开这里，等回去准备好了，再来找巨甲虫算账。

“舰长！是时候了！”隐藏在乞力拉陨石带后面古星战舰内的郝非凡有些忍不住了，“现在他们没有任何防备！我们突然出击，一轮炮火就能把这群该死的家伙送回老家！”

“不，再等等。”华军磊对着通信器上的郝非凡摇了摇头。龙骑士团现在还有余力，现在发动袭击的话，虽然有把握全歼龙骑士团，可自己的部队也会出现一定的伤亡。让巨甲虫代替士兵，何乐而不为呢？

安德利的计划落空了，龙息虽然能干掉身边的巨甲虫，但随后就有巨甲虫补上来。龙骑士团终于露出了疲惫的神态。而被他们杀死的巨甲虫达到了近千只，星空中到处都是残破的巨甲虫血肉。巨龙红着双眼，几乎耗尽了所有的力气，喷出的龙息，已变得有气无力，就连安德利都累得气喘吁吁，手上的龙枪就快握不住了。

时机到了！华军磊终于发出了总攻的命令：“全体光筝！第一轮炮火齐射，精准打击！”

七八艘中型战舰犹如鬼魅般突然出现在巨甲虫巢穴后面，无数发炽红的炮弹划过星际，朝毫无防备的龙骑士团轰了过去。

龙骑士团毫无防备，古星的炮弹顷刻间轰到了眼前，龙骑士根本就无法躲避。只一轮齐射，便将三十多名龙骑士打成碎片，血肉混合在巨甲虫的尸体里面，再也难分彼此。

“浑蛋！是该死的古星舰队！快通知超金机甲团！请巴顿将军前来支援！”幸运地逃过了第一轮炮火轰击的安德利回过神来，他不顾自己狼狈的形象破口大骂，“卑鄙无耻的古星人！他们竟敢偷袭我们！”

炮火接二连三地从战舰上打过来，将龙骑士的队形冲散。被当场打死的龙骑士就不必再说了，余下的龙骑士们都是伤痕累累，狼狈不堪。刚才和巨甲虫的战斗消耗了他们大部分力气，巨龙连一口完整的龙息都无法喷出来了，它们已无法反击。

“快撤！”安德利气急败坏地下达了命令。多待一会儿就会有部下被古星的火炮撕碎。

伏击的目的就是全歼龙骑士团，华军磊哪能让安德利逃走？他对着通信器下了命令：“郝副官，看你的了！”

郝非凡兴奋地大叫了一声，几艘光筝迅速离开了队列向安德利冲了过去，光筝大大小小的炮火全部开火，在龙骑士的队列中又掀起了一股血雨腥风。“别想逃！”郝非凡对着通信器大叫，“五号舰！八号舰！你们左右包抄！剩余的跟我向前！”

“该死的！”安德利眼睁睁地看着古星的战舰两面包抄，将退路截断，却是有苦说不出。若是放在平时，哪会惧怕这些战舰，可是现在自己毫无还手之力。

“都是我的错。”安德利叹息了一声，他猛然将龙枪朝上一举，大声吼道：“骑士们！我们是伊鲁米纳特最忠诚的战士！宁可战死！我们也不能屈服于古星人！你们可愿意和我一起死战？”

“愿与大人一起战死！至高神的光辉永在！”龙骑士爆发出一阵冲天怒吼。他们挥舞着手中的龙枪，驱使着疲惫的巨龙，紧紧跟在安德利后面，迎着战舰的炮火冲了过去。

龙骑士临死前的突击让华军磊小小地紧张了一下，他小心提醒道：“郝副官，他们要拼命了，注意不要让弟兄们有了损伤！”

战斗只持续了十几星分，便接近了尾声。骑士团团长安德利当场战死，他所属的龙骑士团几乎全军覆没。只有三个身受重伤的龙骑士逃出了包围圈，朝着红石星没命地逃去。郝非凡正想衔尾急追，却被华军磊制止住了。

“龙骑士被打败，超金机甲团肯定得到了消息，做好准备。”

第二十一章

三名龙骑士狼狈往回逃，不停地回头看，担心古星光筝追上来，半路上遇到了前来支援的超金机甲团团长巴顿。

巴顿看到三人的样子，就猜到发生了什么，还是问了一句：“你们团长呢？”

“团长……团长……战死了！”

巴顿哼了一声，“安德利虽然输了，但他用生命洗刷了耻辱，也算对得起龙骑士的称号，算是一个爷们……”巴顿话没说完就带着超金机甲团走了。

龙骑士是伊鲁米纳特星受人敬仰的，几时受过这般羞辱。一名龙骑士要找巴顿理论，却被同伴拦下。“巴顿先生说得有道理，我们至少该将团长的遗体带回来。”

其他两名龙骑士听到这话，羞愧地低下了头。

“你们两个受伤较重，回去向教宗报告，我跟着巴顿先生，看有没有机会夺回团长遗体。”

“可你受的伤也不轻。”

“不必劝我，我决定了。”龙骑士转头随超金机甲团而去。剩下的两名龙骑士，看着远去的同伴，无奈地叹了口气，往营地飞去。

“老伙计，麻烦你又要陪我走一趟了。”追随超金机甲团的龙骑士轻轻地抚摸了一阵与自己朝夕相处的巨龙。巨龙与骑士心意相通，大吼一声，拖着疲惫的躯体奋力追赶超金机甲。

巴顿赶到时，古星舰队正在打扫战场。古星光筝发现超金机甲，场面一度很混乱，巴顿并没有趁机发动攻击。等到古星光筝后撤出一段距离，稳住阵形之后，巴顿才说道：“古星人是我们的手下败将，但他们利用阴谋诡计击败了我们的盟友。也许他们还有什么诡计等着我们，我们要用实力告诉古星人，超金机甲是不可战胜的。现在听我的命令，进攻！”得到命令之后，超金机甲冲向了古星舰队。

“就怕你们不来呢。”华军磊早就准备了一套详细的作战计划，消灭龙骑士只是完成了计划的一半。计划中另一个重要目标就是赶来支援的超金机甲。华军磊按照计划进行，命令舰队启动护罩，不与超金机甲纠缠，向乞力拉陨石带退去。

巴顿带着超金机甲团一路追到了乞力拉陨石带边缘，看着古星光筝冒着发动机报废的风险强行闯入陨石带。巴顿冷哼一声，“狡猾的古星人以为这样就可以阻止我们的进攻吗？这些陨石对你们来说很危险，但对我们超金机甲来说根本算不上什么。”巴顿划出一个漂亮的弧线，冲进了陨石带内，超金机甲团紧随其后。

古星舰队显然没想到超金机甲团会追进陨石带中，又是一阵慌乱，胡乱地开起炮来。椭圆形的弹丸四处飞射，就是无法击中超金机甲，倒是将无数的陨石打得粉碎，扬起了大片的尘土。

巴顿又是一阵得意：“看样子古星人已经被我们吓破胆子了，护罩的能量也支持不了多久了，别那么快解决他们，好好和他们玩一玩。”得到命令之后，超金机甲团的战士炫耀起他们高超的飞行技术，以极快的速度围绕着古星光筝飞行，有几架超金机甲甚至是贴着光筝护罩在飞行。

“都是些好小伙子！会诞生很多优秀的指挥官。”巴顿退到一边，欣赏手下的表演，一艘古星的中型光筝护罩被击破，超金机甲几次轻松的攻击就重伤了光筝，只要再一次攻击，这艘光筝就会被彻底摧毁。看着古星的光筝舰队，巴顿突然意识到一个问题，在他眼前的只是舰队一半的光筝，还有一半光筝去哪了？还有赤龙号星际母舰，自始至终都没露过面，他们会不会趁机去攻击红石星子星了？

巴顿立即与高星方面取得了联系，他们并没有发现古星舰队的踪迹，狡猾的古星人在搞什么鬼？

就在巴顿思考古星另一半舰队的下落时，华军磊下达了攻击命令。

钢刀小队准备多时了，他们一到达舰队，就去见了他们的前辈。在上次大战中幸存的钢刀小队成员把他们在实战中得到的经验毫无保留地传授给了新来的钢刀小队，因为这是生和死的经验，而钢刀小队被前辈的精神感染，誓死捍卫古星领土。看到死对头超金机甲，这些人早就按捺不住了，一得到攻击命令之后，毫不犹豫地发起了全力进攻。

超金机甲团正要对重伤的古星光筝发动最后一次进攻，攀升到高处后，向光筝俯冲而去。异变突生，在满天的尘土中，一道寒光一闪，三架超金机甲被拦腰砍成两截，然后腾起一个火球，炸成了碎片。

“是钢刀小队！”巴顿马上明白过来他中计了，古星光筝将他们引到陨石带中，陨石虽然不会对超金机甲造成威胁，但是会影响超金机甲的机动能力。而刚才他们的火炮攻击的目标根本就不是机甲，而是陨石，陨石碎裂的尘土为钢刀提供了最好的掩护。

巴顿提醒手下的战士小心，但没有下令撤退，这点伤亡他还承受得起。钢刀是有威胁，但毕竟只有一把。在他的支持之下，四架超金机甲躲过了钢刀，击毁了重伤的光筝。光筝爆炸后产生的强烈气流将尘土吹散了大半，钢刀已无法隐藏。

钢刀小队一下愤怒了，对方竟然在自己的保护下击毁了一艘光筝。他们愤怒地将功力提升到极限，钢刀高速旋转着劈向了超金机甲，三架超金机甲躲闪不及，被绞成了碎片。这一击钢刀小队也付出了惨重代价，四名钢刀战士牺牲，二名重伤，等在一边的钢刀战士毫不犹豫地接替了他们的位置。

转眼间牺牲了七名优秀的超金机甲驾驶员，这是近些年来超金机甲在单场战斗中最大阵亡数了，巴顿下令准备撤退。

超金机甲给古星舰队造成了重大伤亡，华军磊岂肯轻易地放他走。一个巨大的阴影出现在乞力拉陨石带的下方，无数的火炮同时开火，将超金机甲团所在的区域扫出一块正方形的区域，赤龙号第一次向世人展示了它的獠牙。郝非凡带着其他的舰队到达了指定位置，用炮火编织出一个火力牢笼，封死了超金机甲的所有退路。普通炮火虽然无法击毁超金机甲，但是被弹丸击中后短暂眩晕的几星秒中，钢刀就会将他拦腰斩成两段。

战斗成了拉锯战，超金机甲的伤亡数量达到了一个让巴顿心痛不已的数目，而钢刀小队的情况更糟。超金机甲在巴顿的带领下，趁着炮火装弹的空隙突出了重围。龙骑士在战场中找到了安德利的遗体，一起逃回了红石星子星。

华军磊没有命令部队追击，而是下令让各光筝原地休整，统计员以最快速度上交胜负数据。

半个星时后，华军磊收到了战场数据。这一战重创超金机甲团，只有二十七架超金机甲冲出了重围。钢刀小队损失惨重，只有百分之十的战士存活。舰队方面，中型攻击舰损失一艘，小型攻击舰十艘。华军磊心中一惊，早在心中做了最坏打算，这一战还是超出了他的预计，特别是钢刀小队，是用生命为代价重创了超金机甲。

“给我接卢将军。”华军磊在第一时间将战报上报给卢将军。

听完报告之后，卢将军问道：“对于这场战斗，你有什么看法？”

“超金机甲并不是不可战胜的，钢刀小队足以对超金机甲造成威胁，小队的战斗素质还有待提高，希望钢刀小队尽快成熟起来。这一战超金机甲并不知道我方底细，短时间内不会再主动攻击我方，但逃走的超金机甲对我方还是一个威胁。”

“我抽调了冯锡阳的舰队去支援你，他们已经上路了。关于你提到的伏星冰絮，很快就会有结果。这一仗打得漂亮！”

“这是舰队全体成员共同努力的结果。”

“我要把战况报告给皇帝，在援兵未到之前，不要轻举妄动。”卢将军火速赶往军机处，得到消息的皇帝和各部长早就到了。

皇帝开口问道：“这一仗打得很漂亮，下一步你们有什么计划？”

外交长说道：“这一战重创了超金机甲团，超金机甲团是以顾问身份参战的。在座的各位都清楚这是五十二联邦的幌子，下一步关键就看五十二联邦的态度了。”

卢将军提出了自己的建议：“我们手上不是有一大堆五十二联邦的星债吗？把这些星债抛出去怎么样？肯定会搅乱他们的经济，他们也就没工夫插手红石星的事了。”

“这可不是一个好主意。”经济长等瞪了卢将军一眼后说道：“这是一个两败俱伤的方法。我们抛售五十二联邦星债，他们的货币是会贬值，但最终损失最大的还是我们，因为我们的外汇储备也会消失。抛售五十二联邦星债，可能会引起全星际的经济危机，对我星经济发展也会产生不利影响。”

“那能不能联合伏星，一同给五十二联邦施加压力？”卢将军又提议。

外交长提出反对意见。“这样也不好。伏星与五十二联邦互相敌视，虽然我们目前与伏星走得很近，但还没到结盟的程度。想要给五十二联邦压力，我们两星就要结盟，可一旦结盟，古星就等于上了伏星的战车。”

“我想到一个办法，可以间接给五十二联邦施加压力。”宣传部长忽然说，“沙星不是一直想得到超能晶石吗？我们可以卖给它点，既能赚钱，又能让五十二联邦坐立不安。”

“沙星？”皇帝饶有兴趣地问。

“沙星的首领和伊鲁米纳特教宗是同父异母的兄弟。伊星教宗是他父亲原配生的，沙星首领是他父亲的小妾生的。他们兄弟俩关系一直不好，以前经常打架。最终促使沙星首领远赴沙星，建立了自己的星球。沙星的恶劣环境使得民风好勇斗狠，做事极端。”宣传部长介绍道。

“沙星这几年一直和五十二联邦打架，因为五十二联邦霸占了他们的矿产资源。由于他打不过五十二联邦，所以想用超能晶体制造武器。他先后找过伊鲁米纳特星、伏星，但都被拒绝了。”卢将军说道。

皇帝决定道："这计划也可行，但不到万不得已，不可以使用。宣传长，你以我特使的身份去一趟五十二联邦，探探他们的口风，可以把我们的计划故意透露一点，看他们的反应。"

宣传长马不停蹄地赶往五十二联邦，克里斯总统看到古星来的宣传长，脸色并不好。

宣传长开门见山地问道："总统先生，不知道你们的军火走私案调查得怎么样了。我想您大概已经知道了，我方和走私的超金机甲打了一仗，果然是不堪一击。当然，如果是贵方正在服役的超金机甲，我们决不会那么容易就取得胜利了。"

克里斯总统的脸色更加难看："不知您这次前来有什么事？"

"是这样的，沙星想出大价钱从我方购买一批超能晶石，我方手上的确是有一批，可我星皇帝又考虑到贵星一直和沙星不和，这批超能晶石的用处我方也猜得到。所以我方想咨询一下贵星的意见。要是您觉得没有问题，我们就回去交易了。"

克里斯总统沉默了一会儿说道："我个人觉得还是不要把超能晶石卖给沙星的好，要知道沙星可都是一群极端恐怖分子，超能晶石到了他们手上，会给无辜的星民造成不必要的伤亡。"

宣传长点点头："您说的有道理，我方会考虑您的意见。您忙吧，我就不打扰了。"走到门口，宣传长回头又说了一句，"祝贵星早日抓到军火走私贩。"

古星宣传长离开之后，一向稳重的克里斯总统大发雷霆。冷静下来之后，他下令不再向高星派遣超金机甲，巴顿带领所有驾驶员回星。

在巴顿离开高星时，三名幸存的龙骑士带着团长安德利的遗体回到了伊鲁米纳特星，龙骑士的战败在伊星掀起了轩然大波。长老团分成两派，一派强烈要求再派兵，必须给古星一个教训才能挽回颜面。另一派主张和平解决问题，全面开战后果严重，还没有到和古星撕破脸皮的时候。教宗被这两派人吵得头大，躲了起来，只有向至高神祈祷时才能看到教宗大人的身影，祈祷一结束，就再也看不到教宗大人了。

在两派人还在喋喋不休地争吵时，魔法师菲利浦带着三十名手下偷偷地溜出了伊鲁米纳特星。菲利浦在心中向至高神发誓：“神圣的至高神在上，我菲利浦向您起誓，我一定会消灭古星舰队为安德利报仇，至高神的光辉永在！”

第二十二章

冯锡阳接到卢将军的命令之后，马上率领由十二艘中型舰组成的增援部队赶往红石星子星。一路上他不停地问驾驶员：“还有多久能到？”

“冯舰长，舰队即将通过金钩星星域，大约还有六个中央恒星时后抵达红石星子星。”

冯锡阳“嗯”了一声，朝观察窗外看。远处一个绿色光点，在漆黑如墨的太空背景下闪着柔和的光，冯锡阳再次命令舰队加速，光点迅速变大，通过主舰上最新装配的成像仪，侦察兵将金钩星上的影像投映到操作室两侧的大屏幕上。

金钩星正对着舰船这面的是一片低矮的灌木丛，透过灌木枝叶能清楚地看到地表裸露的黄土。这是个环境十分恶劣的星球，极度缺乏淡水，还经常受到恒星风暴波及，设备极易受到干扰。冯锡阳很清楚这一点，但要想尽快抵达红石星子星，这是唯一的办法，如果要走其他路线，就必须经过小行星带，花费的时间可能是这条路线的三四倍。

“趁现在没起恒星风，我们必须赶紧离开这里！驾驶员，还能再加速吗？”冯锡阳看着大屏幕，心中有点不安。

“报告舰长，这已经是舰队常规模式下的最快速度了！”

冯锡阳没搭话，就在舰队飞临金钩星上方时，他看见金钩星黄土裸露的地面，像是被什么东西拱开，大屏幕上，一根根黑色炮管从地面冒出来，直指他的舰队。

“快开启防护罩！”冯锡阳大喊。

所有战舰舰身蔓延起一层透明光膜。金钩星上黑漆漆的炮口里不停喷射出一道道白色光柱。刹那间映亮了整片星空。

遭遇伏击了，冯锡阳首先想到的是后撤，但红石星方面已经不止一次在催，要是因此耽误了时间，致使前线战局发生变化，他可负不起这个责任。不管了，必须冲过去。

“所有战舰启动急速模式，十一号、十二号舰断后，快！”冯锡阳接着下令。

古星战舰舰身闪烁起蓝色微光，速度猛增了一倍，炮管来不及瞄准，一道道光柱全部都打空了。

十一、十二号中型舰舰长将战舰侧面助推器开到最大，掉头用主炮轰击金钩星。“轰，轰！”两声巨响，金钩星那片区域腾起数米高的火焰。火焰熄灭后，那片区域只剩下黑红色龟裂的大地。

冯锡阳刚松口气，操作扫描仪的士兵急声喊了起来：“报告，发现不明物体正向我方靠近。”

冯锡阳快步走到扫描仪前，看到三十多个红点从四面八方围了上来。

“马上收拢呈三角阵形，集中朝正前方攻击！”

十二艘中型舰减速变阵，未等对方靠近，率先展开攻击。主炮齐射，扫描仪上正前方的光点只是闪了闪便彻底消失了。

“舰长，后面有敌舰追来。”驾驶员话还没说完，战舰突然猛烈摇晃起来。

“舰长，我方遭到攻击！”又有人报告说。

冯锡阳赶紧询问战舰受损情况，得知敌人根本没能攻破我方护罩，这才放下心来。刚要组织还击，所有侦察的设备竟同时失效。

“怎么回事？”

“舰长，恒星风！”驾驶员转过头说。

“通信兵！”

“在，舰长！”两个通信兵向冯锡阳敬了个军礼，连声答道。

“还有能用于通信的设备没有？”冯锡阳急声问。

两个通信兵闻言一愣，“好像还有个老通信器！”年纪稍长的通信兵不太确定地说。

“快去给我找出来！”

这些新型战舰是不久前刚改装过的，由于有了更为先进的通信设备，老的设备被拆下来后，就一直被扔在仓库里没人管了。想到这儿，那两个通信兵边往仓库跑边在心里祈祷着："上天保佑，但愿那东西还在！"

整个战舰还在摇晃着，失去了数据反馈，也不知防护罩还能撑多久，最让冯锡阳担心的不仅仅是敌人的攻击，更重要的是外面高强度的恒星风，在这双重打击下，处在舰阵外侧的光筝必然会首先支撑不住被击毁。接着就会威胁到内层舰队，处理不当整支舰队都有危险。

"通信兵呢，通信兵怎么还没回来？"冯锡阳焦急地大吼起来。失去了通信能力，整支舰队也就失去了指挥。

其他各舰没能收到冯锡阳的命令，很快就察觉到是恒星风的干扰，虽然没有接到命令，受到攻击后，光筝指挥官果断下令还击。

在炮火中对方战舰不断接近，短距离内，对方激光炮的威力和准度得到大幅提高，被光柱击中的战舰摇晃得更加厉害。在发现古星光筝拥有很强的防御力时，他们立马改变策略，将所有火力集中起来，朝其中一艘中型舰猛攻。

通信兵终于从仓库里翻出一套老旧的设备，调试好后，冯锡阳和其他战舰取得了联系，在得知十一号舰正遭受敌方猛攻后，赶紧调集战舰集中火力，朝十一号舰提供的坐标猛轰，直接将敌方的三艘战舰打成火球。

"队长，撤吧！"对方战舰内一个戴着老式眼镜的胖子，拽了拽站在操作台上正朝通信器里大声喊叫的矮个子。

"所有战舰继续攻击！快！"矮个子喊完，回头一把推开胖子骂道："你这个懦夫，只要再打一炮，绝对能把那艘古星光筝打爆，别拦我！"

"队长，对方通信肯定是恢复了，我们打不过的！"胖子急得涨红了脸。

"去你的！"矮个子突然抬脚，将胖子踹到一旁，"我是队长，你们都得听我的！"

"不准退，继续攻击！"

冯锡阳看出了对方的意图，改变策略把十二艘战舰分成三组，一号舰到四号舰为第一组，分别占据东西南北四个方位，排在舰队的最外侧。五号舰到八号舰为第二组，占据东南、东北、西南、西北四个方位，排在第一组内侧。剩下的为第三组，也占据东南西北四个方位，排到最内层。

排好后立马命令第一、二组同时向外攻击，十多个火球瞬间出现在古星舰阵外。

"该死！"胖队长见古星舰阵竟将十一号战舰藏了起来。还没等他下达新的指令，自己的大部分战舰已经被火弹击中，接连爆炸，冲击波将他和他的剩余战舰掀飞，敌舰队长没来得及抓牢，直接从驾驶台上滚了下去。

好不容易停下来，他感觉浑身骨头像被摔散了架。艰难地站起来，却从观察窗看到又有战舰被古星战舰击中，化为耀眼的大火团。

胖舰长眼珠子变得通红，回到驾驶台，抓起通信器大喊："为了帝国的荣耀，所有战舰跟我冲！"说完，他架起战舰，将能量开到最大，向古星舰阵撞去。谁知跑了一半回头一看，却发现自己手下的其他战舰全没了踪影。

"我诅咒你们，这群贪生怕死的家伙！"他嘴上狠狠骂了一句，心里却在想，我是不是也该撤了。看着近在咫尺的古星舰阵，他突然觉得心里发虚。

"不，我不能就这么死了。"想到这儿，他马上转弯，却发现自己战舰侧面的助推器受损，动能不足，无法支持星舰转弯。他只好眼睁睁地看着战舰仍划着弧线撞向古星舰阵。

冯锡阳看到对方发起自杀式袭击，但现在变阵已然来不及，他立即下令所有战舰攻击那艘自杀战舰，试图在它撞到古星战舰之前彻底将它摧毁。火炮轰在胖队长战舰上，但它并没有停住，还是撞向了二号舰。

冯锡阳透过观察窗朝外看，只见一艘已经起火的星舰撞上了二号舰。

情急之下，二号舰的驾驶员朝左转向，二号舰尖锐的三棱锥形舰头直接撕裂开冲过来的战舰。接着，敌舰发生爆炸，冲击波差点将冯锡阳掀飞。二号舰受到重创，所幸人员伤亡并不大。

冯锡阳命令士兵把敌舰碎片收集进来。副官分析后报告。从敌舰碎片分析可能是一伙星盗。

冯锡阳摇了摇头，让士兵带他去看那片碎片，他只是扫了一眼，用匕首刮了刮上面的骷髅头图案。刚刮了两下，就发现里面白底和中央位置的红色圆。随后，他阴沉着脸，一言不发地走开了。

“昭星，我会让你付出代价！”

高星总统府，范剑三世拿起一份文件刚要看，有人敲响了房门。

范剑三世重新将文件放回桌子上，推了推鼻梁上的眼镜，眯着眼朝门口看。进来的是他的秘书，脚步有些匆忙。“总统先生，急电！”

“哦？”范剑三世皱起眉，接过秘书递过来的文件，打开一看，原本还带着些许笑意的脸，很快就阴沉下来，他没说话，朝秘书摆了摆手，示意他出去。

仔细看完后，范剑三世重重地将文件摔在了办公桌上，骂了句：“废物！”然后又用手使劲揉起太阳穴。他没想到昭星所谓的武士竟然如此没用，本来还指望着他们能帮忙多拖延古星增援舰队一些时间，谁知只是一个照面就被打得落花流水。

他原本还计划着趁增援未到时，再进行一次突袭。古星与超金机甲一战肯定元气大伤，弹药也肯定不足了，突袭肯定会成功，高星就会占据主动优势，再以逸待劳攻击古星增援部队。这场战争高星很可能取得最后胜利，一想到打败古星这么强大的对手，范剑三世就兴奋异常，这足以载入史册受后人敬仰了。

但现在计划泡汤了，没有了阻碍的古星增援舰队必然很快和这边的古星舰队会合。面对两支舰队，他可不相信庞光手下的那些废物可以胜利，说不定没开火就投降了。他不能输，也输不起，议院里的那些老家伙没有一个不想早点把自己赶下台。还有那些乱民，只会叫嚣着开战，想起来就让人头疼。巴顿已经被五十二联邦召回去了，但他剩下的超金机甲还在，还有谁可以利用呢？对了，还有伊鲁米亚特，那群宗教狂人素来是荣誉至上，我还可以在圣龙骑士团的覆灭上做点文章，我就不信他们能忍受这种屈辱。

范剑三世眉头渐渐松开，为自己的聪明才智感到自豪，他召来秘书，“你帮我拟一份电文发给伊鲁米亚特教宗，就这么说……”

没等多久，范剑三世就收到了伊鲁米亚特星的回复，结果却大大出乎范剑三世的意料，教宗拒绝了他的要求，并在回复中声明，红石星的争端与伊星完全没有关系。最后一点希望也破灭了，就在这时，他收到了庞光将军的急电，他的“老朋友”回来了，范剑三世大喜。

在范剑三世迎接他的老朋友时，华军磊也在等待增援部队的消息。

“舰长，有十二艘星舰正在向我方靠近。”赤龙号母舰控制室内，一个操作扫描仪的士兵向华军磊报告。

“通信兵，发信息确认！”

“是，舰长。”通信兵按了一会儿按钮，转头说，“报告舰长，目标已经确认，是我方增援部队！”

“太好了！”华军磊原以为由于他们在金钩星受到伏击，会有些延误，没想到竟会比自己预期来得还要早。

“快随我去迎接！”华军磊整了整军服，带着郝非凡走出房间。

华军磊早就知道增援的是冯锡阳，两人私下交情也不错，见面也没客套，就谈起了当前局势。从冯锡阳的表现来看，他根本就没将剩下的超金机甲团放在心上。

华军磊问他是否有了对付超金机甲的办法，冯锡阳故作神秘地说：“放心，他们就交给我了！”

红石星子星上，高星将军庞光喜忧参半。巴顿的离去让他失去了信心，他心里清楚，光靠高星自己的力量，绝对打不过古星的，更何况现在他面对的是两支古星舰队。让他高兴的是老朋友的到来，老朋友带来的力量使用得当的话，战胜古星还有希望。

巴顿走时并没有将超金机甲带走，这让庞光有些意外。前面几场战役中，超金机甲可给他留下了很深的印象。它们所到之处，所向披靡，特别是那良好的机动性和强大的火力，绝对是古星的克星。这些日子，特别培养的高星超金机甲战士，也有了一定的战斗力。

庞光命令他的超金机甲团对古星战舰发起攻击。二十七架超金机甲摇摇晃晃地起飞后，花了近半个星时，才排出一个三角阵形。

他们开始按原计划保持阵形加速向古星战舰阵地挺进，但由于每个人操作熟练度的不同。致使前进速度始终无法统一，所谓的加速，也变成了慢慢飞。

“一号，你怎么飞的！别往我这儿撞。”一个超金机甲内的士兵，很不满地用内置通信器和身边的战友说。

“是你老往我这儿撞！”另一个士兵争辩道。

“该死，我怎么会排到你的旁边，真倒霉！”

“你……”

“别吵了！往前看！”

华军磊刚观测到超金机甲，就让冯锡阳做好战斗准备，可他们谁都想不明白，为什么超金机甲的速度会突然变得这么慢。

冯锡阳赶紧指挥士兵运输弹药，普通光筝负责搬运弹药的只有一个搬运小队。但冯锡阳带来的每艘光筝就需要一个团的搬运队。作战警报响起后，每艘舰里都有数百人推着一人高的装弹车，奔跑于弹药仓库和数百个填弹口之间。

看到对方排出的阵形后，冯锡阳突然笑了起来，简直就是活靶子，要是这样都打不中，那太不给高星面子了。他命令所属十二艘战舰再次分为三组，分上中下排列出一个矩形，然后命令所有左侧士兵到右侧配合。

冯锡阳握了握拳头，努力压抑住自己的兴奋情绪，耐心地等待着超金机甲进入在他战舰“万炮”的射程内。

“所有小组准备！”冯锡阳一声令下，每艘舰的右侧的五十多个炮管同时伸出，整个矩形舰阵像是一块钉满钉子的砧板。无数根漆黑如墨的炮管直直指向超金机甲。填弹手们搬起直径达一米的椭圆形炮弹，投进填弹口，“叮”的一声响起，瞄准手调好方向，另一名发功者赶忙来到瞄准手旁边站好。

“打！”冯锡阳的声音瞬时在所有战舰的填弹口响起，所有发功者大喝一声，推出双掌。整个矩形阵列被后坐力推出去半个舰身的长度，炮口腾起的淡青色烟尘将外面的一切罩上一层朦胧的纱，万炮齐发时的轰鸣声，让所有人暂时失去了听觉，耳朵里只剩下一片“嗡嗡”声。

烟尘还未散尽，发红的炮管所指方向，立刻腾起二十七个橘红色火球。万炮一次发射，就彻底摧毁了高星的超金机甲，这些可怜的家伙都没机会排出一个标准的队列，就化作了宇宙中的尘埃。

第二十三章

在古星军队摧毁高星超金机甲的同时，魔法师菲利浦带着手下三十名魔法师悄悄登上了红石星子星。菲利浦得到超金机甲覆灭的消息后，冷笑一声："超金机甲也不过如此，不过古星人，你们别高兴太早了。"随即，菲利浦目光一凛，对手下魔法师道："阵列，准备施法！"

三十个魔法师得到命令迅速改变站位，不到十星秒的时间，就在红石星子星上排列出了一个"忏悔者"形状的符号。

菲利浦在队列外面，微微点头过后，所有魔法师双手合十，口中念起咒语。大约过了十星秒，每个魔法师的身体外围出现了一层金光，光芒慢慢扩散，最终将"忏悔者"符号的队形包裹起来。

眼看外面的光罩一点点形成，菲利浦张开双臂，宽大的袍子里面灌满了风，他的身体也随之一点点升到空中，最后停在队列的上方。菲利浦猛地一挥衣袖，口中大喊"光之护甲"。其他人也做了一遍同样的姿势和口号，一个泡泡状的光罩形成，罩在了队列外围。

菲利浦望向远处毫不知情的古星军队："现在该有个了断了！"他闭上双眼向至高神祈祷，下面的魔法师也开始祈祷，一道巨大的能量波逐渐形成。

在古星的战舰上，众人还在为了庆祝胜利而欢呼着，华军倩无意中看了一眼红石星子星，远处的景象让她大惊失色："哥，快看那边！"

众人朝着华军倩指的方向看去，只见红石星子星上有一个金色的"忏悔者"符号，华军磊下令："是魔法师，小心！"话刚出口，就见有一道巨大的金色锤子朝这边飞了过来，在阵形外围的一艘光筝被光锤击中，化成了金色的粉末。

红石星子星上，菲利浦带领魔法师团发出"光之震天"并成功击落一艘光筝后，得意地说道："让你们尝尝我的厉害！"

菲利浦带领魔法师团继续施法，又是一个"光之震天"出现。光锤在靠近古星主舰的时候速度减慢，然后旋转着迅速上升。魔法师团三十一人手掌一齐向下压，光锤对着主舰重重地砸了下去。在光锤与主舰外围防护罩相接触的瞬间，空中形成一个巨大的金色光波，在护罩中的光筝剧烈地颤抖，而光锤也被弹起好几米。

“有防护罩也没用，去死吧！”光锤再次砸下，护罩被攻破。菲利浦冷哼一声，继续念起咒语，又一艘光筝被光锤击碎。

“必须解决魔法师！”眼看着胜利在望，突然冒出的魔法师造成了巨大的损失。华军磊觉得是自己的失误，要是早一点发现魔法师，这一切都可以避免。

郝非凡来报告：“舰长，距离目标太远，超出火器射程，并且魔法师有魔法盾保护，必须近距离才能打破。”

“让舰队分散，准备登陆艇，我要亲自解决这些魔法师。”

华军倩问道：“哥，为什么不直接把主舰开过去？”

“主舰的目标太大，也不灵活，容易被攻击，登陆艇小巧灵活，光锤打不中。你在这等我回来。”

“我要陪你一起去。”华军倩说着，跟在华军磊身后。时间紧急，华军磊自知华军倩脾气执拗，就带着她一起上了登陆艇。

“古星军队也不过如此！来再多也只是受死！”菲利浦大喊一声“光暗之波”，其余魔法师跟着念了一句，魔法师团的所有人双手张开，然后慢慢向中间合拢，口中念念有词，在他们的手中逐渐形成一个金色的光球。

菲利浦朝着天上大喝一声，其余三十个光球迅速跳跃着上升，最终靠拢在了菲利浦身体外面，菲利浦被光球围绕，散发出刺目的光芒。下面的人继续念咒语，光球在空气中急速地顺时针旋转，并慢慢地从菲利浦的身体分离开来。

瞬间，在魔法师团队列的上空，形成了一个巨大的金色光柱。菲利浦猛地挥动魔法宽大的袍子，光柱颜色慢慢变暗并在空中铺展开来，朝着古星的登陆艇而去。

古星的登陆艇正在高速前进，忽然发现前面一道黑色的光波涌来，像是冲击波一样将登陆艇打得后退十几米远。有几艘登陆艇失去了方向，撞在了一起。

华军磊和其他登陆舰将引擎开到最大，冲过光波，向着红石星子星冲去。

魔法师团来不及施展魔法，古星登陆艇已经冲到了眼前，菲利浦破口大骂："庞光，你手下的白痴在干什么呢？打呀！"

高星战士这才反应过来，抄起手中的武器，就向古星登陆艇开火。在敌人凶猛的火力攻击下，又有几艘登陆艇被击毁。

华军磊对着通信器一阵怒吼，"兄弟们，冲啊！胜利就在眼前！古星战士！"

"前进！"

"古星战士！"

"前进！"

"古星战士！"

"前进！"

在山崩地裂的前进声中，高星的攻击减弱了。古星战士爆发出的士气太强盛了，胆小的高星士兵被这三声怒吼吓破了胆，扔下武器跑了。

华军磊的登陆艇率先登陆，趁着舱门没有打开，华军磊对郝非凡说："我去对付魔法师，你带人解决高星战士。"

郝非凡激动得涨红了脸，大声喊道："交给我吧，我早就想收拾这些高星猴子了！"

华军磊又对妹妹说道："战场上很危险，你跟紧了我！"

华军倩哼了一声，"你放心吧，我又不是小孩子了。"舱门一开，三人身形一闪冲了出去。

郝非凡带领着士兵冲向了高星阵地，结果令他大失所望，高星士兵自知不是古星战士的对手，等郝非凡一冲上阵地，抓过来一个俘虏一问，他们的最高长官庞光将军，早就在古星开始登陆时就跑了。

华军磊的情况比较棘手，他还在与魔法师菲利浦对峙，一时无法攻破对方的魔法盾。菲利浦手下的魔法师们接连施展了几个大型魔法，耗尽了魔力。他们喝下魔力药水，还有几星分就会起作用，恢复一半的魔力，到时候又不知有多少士兵会死在这些人手下。

华军磊大声质问："你看看周围，你已经失败了！"

菲利浦轻蔑地笑道："不要试图分散我们的注意力，魔法盾施展之后，只要有足够的魔力支持，魔法盾就不会破，看到那边的五名魔法师了吗？他们只负责为魔法盾提供能量，按照他们的实力，还可以支持一天。至于这场战争，我没有失败，但你们古星却必须失败。"

华军倩气愤地骂道："你们这群流氓！无赖！"

"政治和战争本来就是无赖们的游戏。"菲利浦的话音刚落，他伸手指向了华军磊。他的指尖中冒出一道闪电，直劈华军磊。

华军磊早就有所防备，纵身一跃，躲开了菲利浦的攻击，没想到菲利浦这么年轻就可以使用瞬发魔法。躲过闪电后，华军磊想趁机突破魔法盾，刚一靠近就被弹了回来。

"哥，用这个！"华军倩将一把锋利的匕首交给了华军磊。

华军磊接过匕首，入手沉重，低头一看，是一把古老的匕首，刀鞘的花纹透着一股浓浓的古意。抽出一看，刀刃闪着寒光，锋利异常。

"这是军浩哥哥给我防身的。"

华军磊也不多说，举起匕首用力地向魔法盾刺去，刀刃一接触到魔法盾，就破开了一个缝隙，华军磊无法收力，整个人冲进了魔法盾中。在华军磊进去之后，魔法盾恢复了正常。

"破魔刃，快撤。"菲利浦大惊失色，想不到华军磊手中有专破魔法盾的武器。魔法师手无缚鸡之力，对华军磊来说毫无威胁，眨眼间有三名魔法师倒在了华军磊的刀下。这些魔法师刚才施法，杀死了很多古星战士，华军磊也不手软，扑向了下一名魔法师。在菲利普启动“光之传送”逃跑之前，华军磊一口气杀死了七名魔法师，为死去的兄弟报了仇。

古星大胜！

消息传回，举星欢庆。

古星的老古餐馆内，老板老古乐得合不上嘴，逢人就说：“我们赢了，我们赢了。”店内坐满了客人，因为店门口有一个大大的横幅，上书“庆祝红石星大捷，本店吃一百送一百现金！”古老板果真履行了他的承诺。不过客人们大多都没要钱，还主动结了账。开玩笑，这么好的事怎么能让你老古埋单，那不是欠了你老古一个人情。

正在这时，一支庆祝红石星战争胜利的游行队伍从小餐馆门口经过，队伍边走边呐喊着“古星万岁！”

“老古看着呐喊的年轻人们，心想：这次古星真的是挺起胸膛了！”